弗里德·伦茨 著

默哀时刻

黄明嘉 译

外语教学与研究出版社
北京

SCHWEIGEMINUTE

SIEGFRIED LENZ

献 给 乌 拉

追悼会开始时，学生合唱团唱："让我们含泪落座……"
然后，我们的校长布洛克先生走向摆满花圈的讲台。他走得很
慢，也不向坐得满满当当的礼堂看一眼；施特拉的遗像挂在木
架上，校长在她遗像前停下，挺直身子，或者说好像挺直身
子，向遗像深深鞠躬。

　　校长以这种姿势在你的遗像前站了多久啊，施特拉！一条
黑色条纹丝带斜挂在你的遗像上，此为哀悼之带，追思之带；
当校长鞠躬时，我在寻觅挂在你脸上的微笑，我们上过你英语
课的高年级学生是多么熟悉你那宽厚的笑容啊！你的黑色短
发，我曾抚摸过，你明亮的眼睛，我曾亲吻过，那是在鸟岛的
沙滩上。我不禁想起那些画面，而且记得你怂恿我猜测你的年
龄。布洛克先生对着你的遗像说下去，他称你为"亲爱的、尊

敬的施特拉·彼得森",他说你在莱辛高级文理中学已任教五年,深受同事敬重和学生爱戴;校长也没有忘记你在教科书委员会卓有贡献的业绩;最后他还说,你无论何时都很快乐:"但凡参加过由你组织的郊游活动的人,无不长时津津乐道你的灵感和在所有学生中唤起的那种情绪,即同属莱辛中学成员的团队精神。你就是促进团队精神的人啊。"

礼堂正面窗下传来嘘声和警告声,那里站着三年级学生[1],他们不停地窃窃私语,交流感兴趣的事情。他们拥挤着,相互推搡着,似乎相互在比画着看什么东西;班主任费劲地要他们安静。

照片上的你多美啊,我熟悉你那件绿色毛衣,也熟悉你那条印有铁锚图案的丝巾,当我们在暴风雨中被冲到鸟岛的沙滩上时,你就戴着那条丝巾。

---

　1 德国九年制中学的三年级学生。

校长讲话后，应有一个学生致辞。他们先是要求我上台，可能因为我是班长吧，但我不能上台。我知道，鉴于所发生的事情，我不能致辞。由于我拒绝，他们就请格奥尔格·比桑茨代为承乏，格奥尔格甚至主动请求为彼得森女士说几句。他一向是施特拉最喜爱的学生，他的学习报告曾得到施特拉的激赏。

　　施特拉啊，倘若此刻你听到他讲述班级的那次旅行，即到北弗里西亚群岛的旅行，你会想什么呢？在岛上，一位年迈的灯塔守望人向我们介绍他的工作；我们在浅滩抓鲽鱼，我们欢呼雀跃，双腿沾满泥浆；你的双腿也是，你把裙子撩得高高的，用脚触摸到很多浅滩上的鱼儿。格奥尔格也没有遗漏渡轮上的那个晚上，他称赞你烧烤的比目鱼真好吃，说出了我们大伙儿的心里话；他让我们忆及那次表演水手歌谣的晚会，大家兴高采烈，我也深有同感。

　　那时，我们合唱熟悉的歌曲，像《我的波尼》《我们停泊在马达加斯加》，以及其他一些水手之歌。我喝了两瓶啤酒，令我错愕的是，施特拉也喝了两瓶。

有时我觉得，你就是我们同学中的一员，我们高兴的事，你也高兴。当某个同学灵巧地用纸折出纸帽，戴到那些围于四周的海鸥标本头上时，你也觉得挺好玩儿。

"亲爱的同事们，我们有两位学生获得了牛津大学奖学金。"校长说道，为了强调此事的重要意义，他向施特拉的遗像点了点头，并轻声重复着："牛津大学奖学金呀。"仿佛校长这句话也可以被理解为别的意思，蓦然间，人们听到一声抽泣，那名以手掩面呜咽的男士是我们的美术老师库格勒先生。我们曾常常瞧见他们结伴走在回家的路上，施特拉和他。她间或挽着他的胳膊，因为他比她高很多，所以看上去好像是他拖着她前行似的。几个学生互相挤碰，让对方注意那个啜泣的老师，两个三年级学生费了好大劲才忍住笑。

我们那次在防波堤工作的时候，库格勒没有出现在观众中。他当时驾着帆船穿行在丹麦群岛间。他要是在我们每天都能看到的观众里，我立马就会发现他。他身材颀长，可又瘦得让人揪心。

　　大多数观看我们工作的人，都是来海边避暑的游客。他们有的身着泳装，从"海景"酒店经过海滩走上防波堤，在弧形堤上漫步，直到防波堤的顶端，在闪光信号灯旁或在巨石上找一个位子坐下来。这时，我们那艘被碰撞得坑坑注注、专门运输石头的黑色驳船已泊在希尔茨海港入口旁边，由两只铁锚固定着。我们从海里打捞出沾满泥土和海藻的石头，把船舱装得满满的，石头堆得与甲板一样高。这些石料用来加宽和加高防波堤，或修复被冬季风暴毁坏的某处堤坝。温和的东北风预示今夏的气候会很稳定。

　　弗雷德里克是我父亲的助手，他按照我父亲的手势转动起重机的摇臂吊杆，放下抓斗，让铁齿紧紧抓住一块石头，猛地将这庞然大物从船舱抓起，在船舷边轻轻摇晃。这时，游客们

紧张地朝我们这边张望；其中一个人还举起了照相机。我父亲
又给了个手势，抓斗的铁齿张开，巨石落入水中，激起高高的
水花，响声震耳，波浪翻腾，很久才慢慢平息。

　　我戴着观察镜从船舷潜入水里，看看石头在水中的位置如
何。但我得稍稍等候，等候云雾一样的沙泥被缓缓的水流冲
走，或沉淀下来。这时我看清，巨石落位很好，它横压在其他
石块上面，它们中间留有缝隙，便于冲刷的激流从中流过。我
迎着父亲询问的目光，示意他可以放心，一切都按防波堤的要
求安排妥当了。我爬到甲板上，弗雷德里克把他的香烟递给
我，还有打火机。

　　他正准备再次放下抓斗，但转而又让我注意围观的游客：
"瞧那边，克里斯蒂安，穿绿色泳装，拎着沙滩袋的姑娘，我
想，她在朝你招手呢。"我立马认出她来，从她的发式和宽宽的
脸颊来看就确定无疑。她，施特拉·彼得森，莱辛高级文理中
学我的英语老师。

　　"你认识她呀？"弗雷德里克不大相信，又说，"她？看起

来像个女学生。"

"你别搞错噢,"我说,"她的年纪肯定比学生大好多呢。"

当时我一眼就认出了你,我也想起暑假前我们的最后一次谈话,想起你的劝告,你的鼓励:"如果想取得好成绩,克里斯蒂安,你得努力啊。请读一读《哈克贝里·费恩历险记》,读一读《动物农场》吧。暑假过后,我们一起讨论这两本书。"

弗雷德里克想知道,我们——我的老师和我——是否合得来,我说:"岂止合得来啊。"

她好奇地看着弗雷德里克,看他将抓斗挪到一块黑色巨石上,抓斗举起石块,在几乎清空的船舱上方停了片刻,岂料石块从铁齿中滑落,重重地砸在用薄钢板铺设的船底,整艘船都抖动起来。施特拉向我们嚷嚷,招手,看样子是想到驳船上来。我把一块窄窄的踏板从甲板边上放下,让踏板那一头稳稳地搁在防波堤脚下一块平整的石头上。她毫不迟疑,果断地登上踏板向我们走来，身体摇晃了几下，极力保持平衡。我朝她伸手过去，帮她登上甲板。我父亲对这位不速之客似乎有些不悦。他缓慢地朝她走过去，又瞅了瞅我，眼神充满探询和期待。

我向他介绍："我的老师，英语老师，被得森女士。"

父亲说："这儿没什么好看的。"然后跟她握手，微笑着问道："克里斯蒂安没有给您添大的麻烦吧？"

她回答前用审视的目光瞅我，似乎没有把握对我做评价，但她接着用近乎漫不经心的口吻说："克里斯蒂安还行。"父亲只是点了点头，他也没指望还有什么别的回答。接着他又好奇地问她，来这里是不是为了参加沙滩节，希尔茨海港的沙滩节吸引许多人慕名而来。施特拉摇摇头，说朋友们正驾驶游艇在途中，这几天他们会到希尔茨来接她。

"这是个漂亮的地方，"父亲说，"很多帆船运动爱好者都喜欢此地。"

今天第一个经过被我们加高的防波堤的，是一艘返航的小渔船，它平稳地滑进海港入口处，渔夫关闭了发动机，泊在我们旁边。我父亲问他捕获的情况，他指了指装着鳕鱼和鲭鱼的浅浅的木箱。捕获少得可怜，只够付柴油钱。鲽鱼太少，鳗鱼也太少。在鸟岛，有一只军事演习的鱼雷钻进了他的渔网，被渔业保护船取走了。渔夫看了看我们运石的情况，又看了看他装鱼的木箱，用亲切的口吻对我父亲说："威廉，你做的事情很值得，你需要什么，就挖出什么，石头就那么待着，它们是靠得住的东西。"我父亲买了他几条鱼，说以后再付钱，他转身对施特拉说："在水上敞篷船上不可以做生意，这是规矩。"

渔夫把鱼放好后，我父亲请弗雷德里克拿出几个杯子，让我们喝茶。弗雷德里克要给施特拉的杯子里倒朗姆酒，被她拒绝了，他就自顾自大口大口喝起来，父亲不得不提醒他少喝点。

弗雷德里克把我们装运的最后一批石料缓缓地吊起，将吊臂刚好摇到让石块接近水面的上方，在防波堤已经增高或需要增高的地方，再把石头沉下去。不是让石头落下，而是缓缓沉下。当石面上有浪花掀起时，他满意地点头称是。

施特拉啊，你老是纠结于那些巨石，你总是问，那些巨石在海底存在了多久，我们又是怎样发现和挖掘它们的。你觉得有几块石头看起来像由于风化而永久保存下来的生物。

"你们需要花很长时间寻找这些石料吗？"

"采石工知道在哪儿可以找到，"我说，"我父亲对整个石场非常了解，也知道数百年前人工打造的礁石的位置，他脑海中有一幅海底藏宝地图。"

"这石场，"施特拉说，"我也想去瞧瞧呢。"

一个希尔茨海港的小伙子从围观的游客中挤过来冲她喊，说有人给她打电话，要她回酒店。她听不见他在说什么，于是小伙子从防波堤跃入水中，游了几下自由泳来到我们驳船边。他轻捷地爬上绳梯，也不看我们，径直面对施特拉，转告别人委托他的事：有人打电话找她，她得回酒店等电话。他又补了一句："我得带您回去。"似乎在强调他受人之托的重要性。

这是施文，永远快乐开朗的施文，这小伙子脸上长有雀斑，是我认识的最棒的游泳健将。他指着酒店,指着长长的木质栈桥,并建议施特拉同他一起游过去。更有甚者,他还建议与施特拉两人来一场游泳比赛哩。对这些,我丝毫不觉得奇怪。施特拉十分高兴,一把将施文拽到她身边,但没有同意比赛的建议。

"改天吧,"她道,"改天一定跟你比试。"

我没有征询她的意见,就把那只用长绳系在驳船后的橡皮艇拖了出来,她立马准备好让我送她去木质栈桥。

施文跟在她身后也上了橡皮艇,挨着她坐下,理所当然似的把手臂搁在她肩上。发动机有节奏地运行着,施特拉在途中把一只手浸在水里。她也听任施文用手捧水浇在她背上。

橡皮艇无法靠拢木质栈桥,因为那里到处都停泊着小帆板,帆板比赛是沙滩节的高潮呀。我们只好径直向海滩驶去。施文跳下橡皮艇,走在我们前面,带着不辱使命的激情走向酒店。

服务员搬出桌椅,一辆饮料车停在被风吹得乱蓬蓬的松树下。沙地广场被围栏围起,栏杆上拉着电线,彩色灯泡在上面随风摇晃。一座微微隆起的小丘是为乐队准备的。几个老汉坐在从水中捞出、准备涂上防水油漆的航标上，彼此很少讲话，只是观察沙滩节的准备情况，没准儿也在回想过去的节日呢。我问候了一声，他们中无人搭理我。

施特拉进酒店后再没有出来，我于是走向酒店。

酒店大门口一个穿制服的男人没有多说什么，兴许是不能，兴许是不愿，只是告诉我：彼得森女士接了电话，回她房间去了。她不希望被打扰。

我独自回到驳船上，父亲在等我，旋即派我去水下检查石块摆放的位置。没有多少需要调整的地方。我只是偶尔给弗雷德里克一个信号，告诉他载着石头的抓斗应朝哪个方向移动，石头应放到什么位置。只有一次，我看见抓斗铁齿里一块巨石在我头顶晃悠，我未给出信号就躲到安全的地方去了。这块石头没有适得其所，我父亲本想把它放在防波堤上面做盖板石，可它却从侧面掉了下去，但未掉到海底，而是紧紧卡在了两块同样大的黑石中间。这时，弗雷德里克和我父亲开始鉴定他们的工作成果，他们一个指着海滩问："你觉得如何？"另一个答："不会跟那时候一样了。"他指的是五年前的沙滩节。彼时，不祥的昏暗笼罩海滩，海上刮起飓风，把所有的装饰一扫而空，把港口里的小船高高抛起撞到栈桥上。

我拿着弗雷德里克的望远镜朝酒店和海滩咖啡馆搜索，几张桌子边上已经有客人了，我一点也不感到意外。在浅绿色酒店大楼的一扇窗户里，我看到了施特拉，她依旧身着泳装，坐在窗台上一边打电话一边眺望海湾。海湾已被笼罩在向晚的寂静中，成群的海鸥犹如轻盈的流水在空中滑翔。

她跳下窗台，走回房间，那步态显示的是抗议，是失望。然后我看到她回到窗台，看到她从耳边拿开听筒，那神情显然是不愿再听对方说话，不想再理会对方对她的非分期许。蓦然，她挂断电话，若有所思，坐了一会儿，拿起一本书，想阅读解闷儿。

你坐在那儿阅读的样子，施特拉啊，让我不由得想起一幅窗玻璃上的画，它吸引观画者超出画面所展现的东西而去猜测和遐想别的什么。

我一直在望远镜中捕捉你，直到弗雷德里克碰了我一下，重复我父亲此前的自言自语：今天到此为止，下班吧。

学校事先肯定没有安排库格勒先生在追悼会上讲话，可是他突然现身在讲台前，在施特拉遗像前鞠躬，对她凝视良久，似乎想把她从照片里召唤出来。

他用白手绢揩脸，咽了口唾沫，然后向着你，一脸的无助表情。

"为什么？施特拉，"他问道，"为什么偏偏发生这事？"

他用"你"称呼她[1]，用发自肺腑的震惊语气发问："对你，难道没有别的结局吗？"

他这样说话，我一点不觉得意外，校长和在场的师生对这

---

1 德国人对家人和关系亲密者用"你"称呼，对其他人全用尊称"您"。

出乎意料的亲密口吻也不感到惊讶，他们的脸上久久存留着哀悼的失落神情。

我自然而然地想起我们的沙滩节，想起三人乐队，他们尝试演奏爽朗而富于情趣的旋律。现在，我瞅见希尔茨海港的居民们迟疑地来到沙滩节现场，好奇而又紧张地等待着，看节庆如何开始。

他们穿过那个林木稀疏的小公园，步履沉重地走过海滨沙地，首先打听哪些人到场，哪些人缺席。在冗长的寒暄后，他们径直走向空桌，招呼服务员。三个穿海魂衫的小伙子坐的那张桌上点了啤酒和苹果汁，以及小杯烈酒。我在一个老汉身边找到一个座位，他打盹似的盯着他的啤酒杯，杯中的啤酒泡沫已慢慢消散。我告诉他，我是威廉——采石工威廉——的儿子，他听了很高兴，更多的事情他就不想知道了。倏然，我感到有一只手放在我背上，还听见强忍的哧哧笑声，那手不停地在我后背上轻柔地摩挲着，好像想确定她何时才会被发现似的。我迅速转身，一把揪住索尼娅，她是我邻居的孩子。她转身弯腰，但我紧紧揪住她不放。我夸奖她的连衣裙漂亮，裙上有甲壳虫飞舞，还赞许她头上用雏菊编织的花环，这样，她才安静下来。

"你要跳舞吗，克里斯蒂安？"她问。

我说："很有可能。"

"也跟我跳吗？"

"那还能跟谁？"我说。

她悄悄地告诉我，她爸爸会带五齿鱼叉来沙滩节，让很多人以为他是水神呢。

当施特拉出现在酒店大门口，接着慢悠悠走下几级台阶来到海滩咖啡馆时，几张桌边的交谈便戛然而止，穿海魂衫的小伙子们就像被一根绳子拽着，齐刷刷扭头瞧她。乐队宛若得到施特拉现身的提示，奏起了名曲《鸽子》。我用不着向她招手，她就立马朝我们走来。我搬了把椅子让她坐，向她介绍索尼娅。

索尼娅只顾啜饮果汁；此际下面的沙滩上燃起篝火，她的几个朋友在向火里添柴火 —— 一种未干透的木头，在火中噼啪作响，冒出带火星的烟雾 —— 这时索尼娅就不愿再待在我们身边了，她硬是要去篝火边，为篝火搬树枝和废木头箱。

"您的邻居？"施特拉问道。

"我的小邻居，"我说，"我们的父亲在一起工作，都是挖掘石头的。"

我想起施特拉曾说过想去看看水下石场，于是我问她什么时候一起去，她说："什么时候都行。"我们就约好在下个星期日。

电灯熄灭，随后亮起，又再次熄灭，过一会儿才把光亮投向当作舞池的场地上。这灯光游戏是个信号，它邀请人们试一试这个压实了的舞池，一展舞技。首批舞伴刚一出场，两只瘦瘦的胳膊就搂住了我，索尼娅紧挨着我的脸耳语："开始吧，克里斯蒂安，你答应过我。"她那么轻盈，那么灵活，又是那么热情，努力用小步跳跃跟随我的舞步。她的小脸呈现认真的神情。从我们的桌边经过时，她冲施特拉打招呼，施特拉赞赏的目光紧随着我俩的舞步。索尼娅拒绝同我一起回桌边，她独自留在舞池，独自舞蹈着，那么陶醉，那么投入，来自邻岛航海学校的几个穿海魂衫的小伙子向她鼓掌。但她对自己的舞技似乎不大满意，或者认为还得提高，硬是想从我们这儿偷学点什么。当我和施特拉跳时，她蹲在那里非常专注地瞅着，似乎在数着我们的舞步，记着我们的旋转动作。有时她也起身，跟着我们重复一个动作，先分开，后重新拥抱。她等呀等，等着我同施特拉跳完。她时不时伸手在地上拍打，或者在空中做着分开的手势，向我示意她已经不耐烦。我们，我和施特拉，没有分开，直到瞧见索尼娅在抽泣，我们才牵着她的手回到桌边。施特拉把她抱在怀里，安慰她，答应同她一起跳。

乐队休息，穿海魂衫的小伙子们根据命令在舞池上一溜儿排开，被海员哨声催促着。其中一个小伙子摊开一根缆绳，让每人都抓住。他们一动不动地站了一会儿，然后曲体彼此靠拢，双腿用力支撑着，看起来像在使出全力升举一个重物。他们唱起歌来，人们才知道是一种表演。那是首低沉的、节奏明快的歌曲，具有催人奋发的力量，似乎要把他们的力量聚集起来并加以引导。于是观众不由自主地想到，他们是在表演升起风帆，一面沉重的风帆。一番表演后，他们装出精疲力竭的样子，然后围成一圈演唱了两首人们熟悉的水手歌谣，希尔茨海港的人也跟着一道唱。服务员给他们送上啤酒，此酒是一位陌生人赠送的。

正如我们每届沙滩节一样，这次也会出现本地的水神，俗称"章鱼怪"。索尼娅的爸爸从水中出来了，他手执捕鳗叉，湿透的衬衫和裤子贴在身上，脖子上粘着海藻。观众鼓掌欢迎他，按规矩致以尊敬。他把叉子当作权杖往地上猛力一戳，吓得小孩们直往父母身边钻。他发出怒吼，眼色阴沉地向四周的人群冷觑着。我知道：现在他要寻找女性，寻找一位姑娘，由他任命为海上女神。然后他步履沉重地走过一张桌子又一张桌子，微笑着，抚摸着，审视着，对未被选中的姑娘鞠躬表示歉意。起先，他已走过了我们的桌子，但到了舞池又蓦然转身，凝视了一下，拍了拍自己的额头，匆忙地倒了回来，向施特拉鞠躬，向她伸出手臂，领她走到舞池，好像要让她给观众露露脸，也为自己的选择正名。

而你，施特拉，爽快地顺从一切：无论他搂着你的腰肢旋转，从脖子上取下海藻装扮你也好，按着你的头亲吻你的前额也罢，你都默契而愉快地配合。只是，当他要带你去海滩下水时，你就僵呆地站着，欣然地转脸面对索尼娅，索尼娅于是跑过去，偎依在你身边。

　　索尼娅把施特拉带回到我们桌边，我点了可乐和朗姆可乐后，索尼娅就提了一些她硬是想知道的问题：施特拉是否有丈夫，丈夫为何不在此地，她真的是老师吗——是克里斯蒂安跳舞时告诉她的——她是否很严厉。最后她还想知道，施特拉是否喜欢希尔茨海港的人。对这些问题，施特拉都耐心作答，甚至对我会不会留级的问题也不回避。她说："克里斯蒂安是没有问题的，只要他努力，就会取得好成绩。"索尼娅接着挑明："克里斯蒂安是我的男朋友。"施特拉这时抚摸她的头发，那是何等温柔，令我心动。

　　乐队演奏《西班牙的眼睛》这首曲子，这时，几个穿海魂衫的小伙子壮着胆来到舞池。其中一个金色头发的大块头在邻桌邀请姑娘遭拒，遂迈着不大自信的步伐来到我们桌，弯弯腰请施特拉共舞。他身体直打晃，扶着桌面才稳住自己。施特拉摇了摇头，轻声道："今天不行。"大块头挺直身子，眯缝着眼睛打量她，嘴唇颤抖着，脸上很快显出敌意。然后他说："不跟我们跳，是吧？"我想站起来跟他理论，却被他按了下去，他那只厚重的手压在我肩上。我瞧见他袜子也没有穿，露出脚趾，真想踢他一脚；施特拉此刻一跃而起，伸手指指他的同伴："您走吧，他们在等您呢。"大块头不禁一愣，鼓起腮帮做了个鄙夷不屑的手势，没精打采地走了。施特拉坐下喝了一口饮料，玻璃杯在手中打战；她微笑着，似乎对自己斥责的效果颇为惊诧，也许还对这个成功的场面感到好笑呢。但她倏忽起立，匆匆亲了一下索尼娅算作告别，就朝酒店大门走去，她认定我会跟过去。她在前台取走了自己房间的钥匙，没做任何解释。

你只是说："我很期待下个星期日，克里斯蒂安。"

两个小伙子走进礼堂，肯定是航海学校的学生，他们姗姗来迟，也许是错过了公交车，也许是公交车晚点。两人都是金灰色头发，身着刚洗过的衬衫，手里拿着短柄花束，突然出现在礼堂入口处，小心翼翼在人群中往前挤，遇到责怪的目光，他们就把手指头搁在嘴唇上，做出息事宁人的姿态表示歉意。其中一个名叫奥勒·尼胡斯，他曾赢得我们沙滩节的"欢乐人"帆板比赛。这个长得圆滚滚、为人友善的奥勒，谁都没有料到他会取胜。他俩把鲜花祭献在施特拉遗像前，鞠了一躬，然后后退到学生合唱团队列中。奥勒对自己的举止很满意，仿佛在此地也赢得了一个奖项。

　　奥勒登上帆板时的样子让人觉得他连出发线都到不了。他的帆板是用木箱的木材建造的，它摇摇晃晃，向一侧倾斜，差点被水漫过。所有的帆板都紧紧系在栈桥上，和其他年轻的选手相比，他要费大力气才能把帆板从栈桥边弄走。不过为了比赛，他对帆板做过一番修整。

我们的卡塔琳娜号是艘老旧的旅游船，我父亲允许我驾驶它，现已准备就绪。裁判小组已登上甲板，小组由三位白衣男士组成，每人胸前挂着望远镜。我们正要起航，施特拉出现在栈桥上。她身着沙滩服，里面还是那件绿色游泳衣。她假装客气，请我允许她上船观看帆板比赛。于是我扶她坐到舵轮后面一个较高的位置上。

　　帆板分黄色、褐色和黑色——所谓"海盗黑"。这些轻便的"战舰"都滑行到出发线上。海风摇晃着，给小小的帆板出了一道平衡的难题。裁判打出一颗信号弹，落水之前就歪了，惊得浮游的群鸥啼声喧天，腾空而起，在高空盘旋；继而下落，但嘈杂的叫声依旧。突然间一阵大风来袭，船帆经受着风的压力，选手很难根据浮标保持航向。船帆剧烈摆动，水面发出噼噼啪啪的声响。

　　不，这绝非一直是匀速的滑行，绝非平静的比赛。风的恩惠似乎并不平等，有的帆板刚到第一浮标就不得不结束比赛。施特拉最钟爱的学生格奥尔格·比桑茨就是这种情况。他离浮标太近，撞上了，帆板开始随风漂浮，桅杆倒了，之后帆板像木盆一样倾覆了——这事倒也不那么富于戏剧性，而是出奇的平静和客观。

帆板平躺在水面上，格奥尔格从船下钻出来。他抓住桅杆，灵活地顶着船身，竭力想把帆板扶正，但没有成功，一直没有成功。我把卡塔琳娜号开到出事地点。施特拉好像硬要帮我似的，把她的手搁在我掌舵的手上，紧挨着我俯身说道："开近一点儿，克里斯蒂安，我们还得更近一点儿。"格奥尔格这时已放弃扶起帆板的尝试，他时沉时浮，双臂上举。一位裁判从托架上取下红白相间的救生圈朝格奥尔格扔过去，但却扔在了帆板上，在那里摇晃着。格奥尔格试图取救生圈，结果又沉到了船下。卡塔琳娜号的发动机熄了火，泊于水面，缓缓转动着。裁判们提出种种救人建议，施特拉下决心以她的方式行动。

你脱下沙滩服扔到一边，从船尾的滚筒上取下缆绳，将绳子尾端递给我，说："来吧，克里斯蒂安，把我绑牢。"

她站在我面前，张开双臂，用眼神敦促我。我把绳子系在她腰间，把她的身体紧紧拽到我身边，她双手扶在我肩上，我真想拥抱她。我从她的眼神看出，她也期待我抱她。一位裁判嚷嚷："从船外梯子上下去，快呀！"

　　我牵着你的手带你去梯子边，你立马下到水里，开始一段潜泳。我给你放缆绳，你以强有力的自由泳姿游向格奥尔格。

　　他伸出头，两只胳膊拼命抱住她，似乎想把她一起拉到平躺着的帆板下面。施特拉在他脖子上打了两下他就松了手，放开了她。施特拉抓住他的衬衣领子，并给我示意。我于是紧拉绳索，直到把他们拉回到外梯近旁，我们把格奥尔格抬上甲板。施特拉又游回去，把缆绳系在桅杆的支撑木上，系得牢牢的，以便把帆板拖回去。

　　裁判小组的发言人——这个大胡子在希尔茨海港无人不知，在这个海岸，他拥有销售轮船设备的最大商行——对施特拉赞不绝口，称颂她救人于危难的义举。

站在窗户前的那些小家伙越来越不安。我们的音乐老师皮
恩阿佩尔走到学生合唱团前，但布洛克先生一个手势又让他退
了回去。布洛克先生歪着头，闭了一会儿眼睛，然后对聚集在
那里的小家伙们扫了一眼，以平静的口吻要求他们共同悼念
她，悼念我们永不忘怀的彼得森女士。

他垂首凝视着你的遗像，施特拉；我们大多数人也低着
头，礼堂里从未有过如此的静默，那感动每一位的静默。在静
默中，我听见了划船的桨声。

因为橡皮艇的发动机失灵，我们只得乘坐备用的小船前往
水下石场。施特拉坚持要划桨，她匀速地划着，赤着脚，用脚
抵住船底的木头。她那光滑的大腿被太阳晒成了浅褐色。我指
挥她划过鸟岛，她的耐力令我惊异；她大幅后仰荡起双桨，我

由衷钦佩。就在鸟岛后面，刮起一阵风，她机灵地与风周旋，但还是挡不住小船被风刮上海滩，搁浅在一个树桩上。

我们遇到麻烦，无法脱身了。无论我如何使劲，想用桨撑开小船，都无法挪动船身。我们无奈下船，蹚过齐膝深的海水上了海滩。施特拉把沙滩袋顶在头上，笑着，我们的不幸似乎让她很开心。

你总喜欢笑，在班上、在课堂上也是。

学生练习中的错误也让她觉得好笑。她会挑出错误，让我们思考翻译中的错误会造成何等可笑的严重后果。

风力加大，而且又下起雨来。

"现在咋办，克里斯蒂安？"她问。"那我们改天吧，"她说，"改天去水下石场。"

我知道一处护鸟老人的小棚屋，用芦苇围成，用波形铁皮做顶，老人有时在这里度过整个夏天。小门上装了铁合页，铁炉上放着铁锅和铝质水杯，自制的小床上铺着一张海草做的垫子。施特拉坐在床上，点燃一支香烟，打量着小棚屋的内部陈设：柜子，凹痕累累的桌子，补过的雨靴挂在墙上摇晃着。凡她所见，都让她快乐。

她说："他们会发现我们在这里吗？"

"肯定会，"我说，"他们会来找我们的。他们会发现小船，开着卡塔琳娜号来接我们回家。"

雨下得越来越大了，打在波形铁皮屋顶上噼啪作响。我把老人留下来的柴火收拢，给炉子生了火。施特拉轻轻地哼唱着，是一首我不熟悉的歌曲。她是哼唱给自己听的，没有什么目的，反正不是让我听的。离我们很远的海面上打起闪电。我一再偷偷向外张望，希望看到卡塔琳娜号的灯光，可是海面上昏暗一片，什么也看不见。

我从小棚屋前的桶里舀了些雨水，把旧的烧水壶放在炉子上煮沸，然后泡上我在柜中找到的甘菊茶。我自己先喝了几口，再把铝杯递给施特拉。

你微笑地接过杯子。你的脸与我近在咫尺，我觉得你好美啊。我不知道说什么才好，就随口说："Tea for two.[1]"

　　你立即用我熟悉的宽厚口吻说："啊，克里斯蒂安。"

　　施特拉递给我一支烟，拍了拍床沿要我坐下。我挨着她坐，把手放在她肩上，觉察到自己有某种要向她倾诉的渴望；同时我又希望我们触碰的时刻能延续下去，正是这个愿望阻止了我向她敞开心扉。我想起她向我推荐的暑假读物，觉得提《动物农场》，问她为何恰恰给我推荐这本书，并没有什么不好。

　　"啊，克里斯蒂安，"她宽厚地微笑说，"如果你能自己找到答案，那就好啦。"

　　我差一点要她原谅我提出这样的问题，因为我在那瞬间仍把她当成老师，认可她在班里具有的权威；可我的问题在此间有了另外一种意义，我的手放在她肩上，此情此景有了不同于在别处的含义。施特拉可能将我的手理解为对她的安抚，所以容许我轻柔地抚摸她的后背。可是她的头突然后仰，惊异地凝

---

1 为两人准备的茶。

望我，似乎不期而然地察觉或发现了某事，她没有预料到的事。

你把头靠在我肩上，我丝毫不敢动弹。我把手交给你听任处置，只感觉你把它放到你脸上停了一会儿。

当施特拉突兀地站立起来并朝外面海滩走去时，她的声音变了。在海滩上，她试着把我们侧翻的小船扶起，但她无能为力。考虑片刻后，她拿起放在旁边的铁盒把小船里的水往外舀。她干得很起劲，竟未发现卡塔琳娜号的船头灯已离海滩很近。站在舵轮边的不是我父亲，是弗雷德里克，他把船尽量驶近海滩，便于我们涉水走过去。他助力我们登上甲板。他没有多说什么，只是当我把我的风衣披在施特拉身上时，他说了一句："这很管用。"

找到我们后，弗雷德里克没有埋怨，也没有放下心来的表示，只是默默接受施特拉的请求，把她送回"海景"酒店前的栈桥上。他不问我去哪儿，是回家还是去栈桥。

施特拉没有要求我陪伴她。她认定我会跟过去，在酒店里她也是这样。酒店接待处已空无一人。她毫不犹豫地从几乎拿空了的钥匙板上取下自己的钥匙，朝我点点头，率先走上楼梯，穿过楼道走进她靠海一侧的房间。

　　我在窗边坐下，朝朦胧的夜色望去；而她在浴室更衣，一边打开收音机，跟着雷·查尔斯轻声哼唱。当她再从浴室出来时，已换上一件轻便的蓝色高领毛衣。她立马走到我身边，抚摸我的头发，朝我弯下身子，抓住我的目光。我们的卡塔琳娜号已看不见了。

　　你说："船也许在回家的路上了。"
　　我说："这儿离我们家不是很远。"

　　"您家里，"她担心地问，"您家里不担心吗？"
　　"弗雷德里克会告诉他们想知道的一切，"我说，"他帮我父亲干活。"

她微笑着，可能觉得自己的担心不合适，甚至对我是一种伤害，因为她知道我的年龄。她在我脸上吻了一下，递给我一支香烟。我称赞她的房间，她点头称是，只是觉得被子太重，夜间感觉呼吸有点儿不畅。她掀了一下被子，这时，燃着的小烟灰落在了床单上，她轻轻惊叫一声，用手掌罩住烧坏的地方。

　　"我的天，"她喃喃自语，"我的天啊。"

　　她指着被烧成一个小黑圈的地方，反复自责。我于是抱住她，把她拉到身边。她并不感到惊讶，身子也未僵直。在她异常明亮的眼里，彰显出梦幻般的神色，也许只是因为疲惫。

　　你把脸凑过来了，施特拉，我吻了你。

　　我感到她的呼吸，那略微加快的呼吸，我感到她乳房的触碰，再次亲吻了她。此际，她挣脱了我的臂弯，无言地躺到床上。她不愿把头放在枕头中间的位置。这是个宽大的印花枕头，可供两人共眠。她以一个掌控自如的动作抬起头，腾出一

半枕头给我。没有示意，没有言语，枕头向我表示了那显而易
见的期待。

对于这次学校建议和安排的哀悼，在场者的耐心有所区别，
这可以从他们脸上的表情看出来。一些学生哀悼一段时间后就
寻找身边同学交流的目光，有几个学生在原地跺脚，一个男生
在揽镜自照。我看见一个学生似乎站着睡着了，另一个则时不
时地看表。哀悼的时间越长，对一些人就越是成了一种任务，
要熬过或者说要无谓地度过这段时光。

我看着你的遗像，施特拉，我在想，你的在天之灵会对这
些人的哀悼做何反应。

枕头上没有留下两个人的头部印记。我们一度面对面，挨
得如此之近，所以枕头上只有一个大的凹痕。我起身时，施特
拉还在梦中，至少我认为是这样的。我小心翼翼地拿起她的手

搁到被子上，那手本来是松弛地放在我胸上的。她叹了口气，微微抬头看着我，微笑着，用目光询问着。

我道："我得走了。"

她问："几点了？"

我不知道，只说："天快亮了，家里人也许在等我呢。"

我站在门口，觉得要说点告别的话，或说点有关我俩以后的事，在学校和两人日常生活中的事，但我忍住未说，因为我不想说出具有"到此为止"意味的话，也不想让施特拉理解为"到此为止"，我不想让这意想不到的一切刚开始就结束，我当然渴盼延续。我开门的时候，她从床上跳下，赤脚走向我，将我抱得紧紧的。

"我们还会再见，"我说，"很快。"

她默然。

我说："我们必须再见，施特拉。"

我第一次直呼她的名字，她不感到意外，而是理所当然地接受，仿佛心照不宣。

她说："我不知道，克里斯蒂安，你也得考虑考虑，怎样做才对我们更好。"

　　"但我们可以再见面。"

　　"我们会的，"她说，"必然的，但不能像以前那样。"

　　我想说：我爱你，施特拉！但我没说出口。这一刻我想起理查德·伯顿主演的电影，他在同伊丽莎白·泰勒告别时使用了这句颇为著名的告别语。我抚摸她的脸颊，从她的面部表情看出，她不愿，也不能同意我的建议。我扣上衬衫纽扣，披上施特拉挂在椅背上的风衣，说："敲敲你的门，总可以吧。"在走廊里，我忽然想起，我的告别语是多么苍白无力啊。

　　我不是走而是跳跃着走下楼梯，心中充溢着一种我迄今并不熟悉的情愫。接待处现在有人了，我用了过分愉快的"早上好！"问候那位男士，他惊诧地瞅我，也不回应我的问候，只是满腹狐疑地呆望着我走向海滩。一艘用柴油机驱动的小渔船出港了，柴油引擎隆隆作响，海鸥成群地围着渔舟飞翔。我坐在一些等着清洗和上漆的航标前，回望酒店，马上就看到施特拉立在窗边。她朝我招手，姿态略显疲惫，又突然张开双臂，好像要留住我似的。然后她消失了，可能有人要求她开门。

我们班的自由体操王子格诺特·巴尔策碰了碰我，让我注意库格勒先生：他已不再哽咽，正用一条红蓝相间的手帕擦着脖子。这位学校里思想最不集中的美术老师久久地盯着他的手帕看，好像要在上面发现什么似的。格诺特对我耳语："我观察过他们，他和彼得森女士。"他还悄悄告诉我，他看见他们待在海滩上的三棵松树下，穿着泳装躺着看书；格诺特猜测他在给她读着什么。我敢肯定，他读的是考考斯卡[1]书中的一章，他正在研究这一章，已要言不烦地向我们做过介绍：这位画家认为，观察就意味着占有。他在班里授课心不在焉，可在家里却精心教育着四个孩子。

有一次我看见鳏夫库格勒带着孩子们来到"海景"酒店的餐厅，刚一落座，他就给孩子们点了煎鱼和苹果汁，同时要了纸和彩笔——酒店为游客的孩子备有这些东西，以免他们耐不

　　1 奥地利表现主义作家和画家。

住性子。库格勒的孩子们还未动口吃东西，他就给他们布置了任务：画一个花瓶，不是画外形轮廓，而是从瓶口视角画花瓶的里面。我不愿设想，他曾与施特拉同床共枕。

　　未久，美术老师星期日来到我们家，谁知他找我干什么；我清扫完驳船后在工棚里检查潜水装备，这时我听见了他的声音。他同我父亲交谈，父亲回答他的问题时显得不怎么高兴，大概因为他自我介绍是我的老师，父亲才和他搭腔。引起库格勒先生注意的，是那些被我们卸在工棚与海滩之间的石头，它们让他想起奇怪的生物，他列举的生物都在印证他的想象力：他发现了一只蝌蚪、一只企鹅、一个怪物，甚至一尊佛像。我父亲气定神闲地听他讲，偶尔笑笑，大概心里已有自己的看法。

　　我从工棚走出来时，库格勒先生并不吃惊；他说，他只想来我们这里瞧瞧，但他打量我的那副样子，那种冷漠、捉摸不透的审视让我很是生疑。

我注视你的遗像越久，就越有一种神秘感，你似在复活的神秘感。有时我觉得你眨着眼睛在向我传递着默契，正如暑假过后第一节英语课上我所期待的那样。是啊，施特拉，我曾指望我们在课堂上用秘密的、不被别人察觉的方式互通款曲；当你跨进教室，我们全体起立时，谁都没有我那么紧张。

"Good Morning, Mrs. Petersen.[1]"

　　我深感不安。施特拉身着白衬衫，苏格兰花格裙子，跟很多时候一样，戴一条细细的金项链，项链上坠一个小小的金海马。我寻找她的目光，可她忽视我，近乎冷漠地惩罚我。一开始上课她就鼓励我们讲讲暑假在哪里度过，见过什么特别引人注目之事。我觉得这不足为奇，去年她也是这样做的。"Try to express yourselves in English.[2]" 因为无人自告奋勇，她就要她钟爱的弟子格奥尔格·比桑茨发言。他立即讲述自己的暑假生活，讲述那些停泊在栈桥旁、参加希尔茨海港"欢乐人"

---

1 早上好，彼得森女士。
2 尽量用英语表达。

帆板比赛的"战舰"，并提及那次"accident[1]"。施特拉建议这里用"misfortune[2]"这个词表达。格奥尔格讲述时，我就在搜索枯肠，寻找可以描述我最重要的暑假经历的词汇。可是施特拉没有叫我，她没有说："But now we want to listen to Christian.[3]"她让格奥尔格有足够的表达机会。然后她想了解我们对乔治·奥威尔的生平知道多少，接下来就要讨论他的小说《动物农场》了。

我打定主意不举手。我看着她的双腿，再次感受她那苗条的身躯，曾躺在我身边、被我拥抱过的身躯，我没法忘怀过往发生的一切。我想确认一下我们共同拥有的回忆，哪怕通过一个表情、一个眼神。离她这么近，我迫切需要的并非独自一人享受这种忆念。我终于举手发言，她似乎不感到意外，她问："噢，克里斯蒂安？"我讲述自己找到的作者生平资料：在缅甸警察局工作的时光，由于抗议政府的某些做法而愤然离开，在伦敦和巴黎度过了悲苦的岁月。因为我新近获得的这些资料，她的眼中闪着一种奇特的光亮，那是一种重新有了发现的光

---

1 事故。
2 不幸。
3 现在我们来听听克里斯蒂安怎么说。

亮，抑或一种不由自主回忆的光亮。那不单单是夸奖，我还悟出那也是赞同。当她走向我的座位，在我的课桌前停下时，我真期待她把手放到我肩上——把她的手放到我肩上啊！——但她没有这样做，她不敢碰我。但我想象着她这样做了，也想象着我站起来吻了她，令全班惊艳。更有甚者，我熟悉的几个小伙子会激情似火地爆出赞赏的哄笑，甚至鼓掌回应，我认为这是极有可能的，对同学们非同寻常的举动要泰然自若。

即便下课后，在走廊里你从我身边走过也不抬眼看我。为了引起你的注意，我从同学中间走出来，我甚至觉得，你为此也嗔怪我。

在学校的院子里——也许她在课间休息时负责监督学生——她独自坐在绿色板凳上若有所思，反正对那些小孩的捉迷藏和无休止的顽皮淘气不感兴趣。

学生合唱团再次演唱之前，外面街道上响起手摇风琴的演奏。站在敞开的窗户边的低年级学生立即被吸引，向窗外俯视演奏者及其乐器。他们互相拥挤着，推搡着，有几个还向演奏者招手，那人正在演奏《我必须离开这个小城》。库格勒敦促地冲我点头，我随他进走廊，下楼梯来到外面。演奏手摇风琴的汉子站在栗树下，他个头不高，两眼发红。库格勒先生请他到别的地方去演奏，到那条通向河流的支马路去，他对此要求不明所以；即便库格勒先生向他挑明，他的演奏干扰了追悼会，他也不肯离开，而且说，他的节目多样，可以表现各种情绪，也有适宜于表达悲伤情怀的曲目。库格勒先生根本不听他啰唆，只说："你给我走开！"并向乐器上的铁盒里扔了一枚两马克的硬币。那汉子并不谢他，只是无精打采地朝学校低矮的围墙边走去，然后靠墙坐下，抽起烟来。

　　在"环绕鸟岛"航行时，我扔下了第一枚硬币。我驾驶着卡塔琳娜号，甲板上坐着"海景"酒店的度假游客，还有希尔茨海港的几个小伙子，他们光着脚，只穿游泳裤。她，施特拉也在船上，慵懒而惬意地坐在船尾的凳子上。她上船时，我们只是匆匆地握了一下手互致问候。索尼娅坐在她身边，欣赏地注视她，摸着她的金手链。我自己不用去松开缆绳，那几个死乞白赖央求我带他们上船的小伙子早已做好准备，根据我的手势，灵巧地将两根缆绳抛了出去。薄雾早已散开，海面上闪着微光。阳光直射到沙质的海底，那里因波涛运动形成一条条凹凸的沙波纹路，泛着黄褐色的微弱光亮。我们调转船头，几位年长的游客朝后面海滩招手，向酒店服务员和咖啡馆的客人致意。索尼娅观看船尾那翻滚的海水。我让施特拉来掌舵，她同意了。我站在操作台上，挨在她身边，这让我欣悦无比。我装着纠正航向的样子，抓住舵轮，趁机把手放在她手上，感到她在回应我那温柔的压力。她轻言细语，只是为了说给我听："As you see, Christian, captain by learning.[1]" 她说，要是她的朋友们让她在船上待几天，她就一定能学会很多她还不会的东西。

---

1 你瞧，克里斯蒂安，正在见习的船长。

我们绕着鸟岛航行，我决定着航程。此际，船正滑向那座巨大的礁石，这礁石向海底深处延伸，消失在黑暗中。度假的游客倚在船舷边，朝下凝望着，猜测着，相互谈论着所看到的东西；最后，他们面向我，提出那些人们惯常提出的问题。他们几乎不信，这礁石是数百年前人们用简单的工具堆砌而成。那时人们找到这些石料，有计划地将其沉入海底并堆砌起来，让石头不高出水面，刚好隐藏在水面下，给毫无戒备驶来的船只设下陷阱。

　　"谁需要石料，"施特拉说，"就到这里来取。"

　　我们沿着礁石滑行，当那片陆地沙嘴出现在眼前时，成群的水鸟，主要是海鸥，腾空而起，宛如大雪纷飞，又似白云叆叇，遮天蔽日。水鸟的扑扑振翅声和尖叫声就是船上那几个小伙子所期待的信号，我们到达他们想要到的地方了。他们站在船边，摇臂摆腿。众人都朝我们看。船停泊下来了。海水澄澈。初始，我只扔下一枚硬币，硬币还未沉入清亮的海底，几个小伙子就纵身一跃潜入水中，径直地，或者说急不可待地奋力朝海底游去。和往常一样，他们的转体动作，类似舞蹈的泳姿，让我兴奋不已。年长的游客们也很高兴，有些人站在船舷边，兴味盎然地观看着像海豚一般嬉戏的年轻潜水者。我又扔下两枚硬币，并鼓励游客们掏腰包像我一样扔。有人把钱币扔得较远，有人只顺着船边扔下。他们紧张地期待着，看哪个小伙子能发现并得到硬币，在水里短暂地争抢后是否还能保住硬币。这无声的争抢伴随着潜水者钻出水面时吹出的咕噜咕噜的水泡声，以胜利者用牙咬着硬币上浮并抓着我放下的短绳梯爬上甲板而告终。这时，他们都脸色灰白，筋疲力尽，扑倒在就近的椅子上。小潜水员们在这时才开始鉴赏他们的猎物，在手里掂量着，并向他人炫耀。一开始我没有注意索尼娅同小伙伴们一起跳下了水，之后我发现她在水底，在抵抗一个对手，那个家伙紧紧抓住她，试图用蛮力掰开她的手。我已想好取下小船上的钩篙，用钝的一头把索尼娅的对手推开，这时施特拉已脱掉沙滩服扔给我，伸展肢体从甲板边上跃入水中。她只游了几下就来到两人身旁，一巴掌打在那个小伙子脸上，迫使两人分开，然后用一只胳膊揽住索尼娅，把她带到绳梯旁，旋即再次潜入水中去寻找索尼娅刚才丢失的硬币。当施特拉爬上甲板坐在索尼娅身边时 —— 索尼娅气喘吁吁地弯下身子，对找回来的硬币并不多么开心 —— 游客向她投来赞佩的目光。施特拉把索尼娅拉到身边，抚摸她的脸颊，还把自己的脚跟索尼娅的脚并在一起，快活地说："你瞧，咱俩生就一双游泳的脚。"这时，索尼娅的脸上才绽放出快乐的笑容。然后，她还提醒索尼娅，每次环岛航行归来时都要而且必须以游泳比赛结束。小伙子们已站在那里做好了准备，当船驶过酒店栈桥时，我发出号令，大家纷纷跳入水中，向海滩游去。每人都有自己的泳姿，有狗爬式，有自由式，都是急冲冲地在自己的泳道上游着。有人短暂地潜泳，以提高前进速度；有人设法阻挡比自己快的邻人，抱住对方双腿，或趴在对方背上。那场面到处浪花飞溅，水沫翻滚，根本看不出索尼娅也在泳者队列中。

施特拉不愿参加比赛，我揶揄她去，她只是说："我参赛就不公平了，克里斯蒂安。"我那时还不知道她参加过高校游泳锦标赛并获得了混合泳接力第二名。

你说出的这个理由，施特拉，我反正是不满意的。在那个和煦无风的下午，我们躺在松树下的时候，我还在责怪你。我们并肩躺着，只穿泳衣，我抚摸你的脊背。我想知道，你究竟为何不愿参赛。

你说："很简单，克里斯蒂安，我不能赢啊。假如个人的优势太突出，就不可以在比赛中淋漓尽致地发挥。那样做不公平，胜利等于是奉送的。"

我不同意她的说法，认为她看不起人，太高傲。

我说："优势是你自己获取的，是一笔诚实的财富呀。"

她微笑，叹了一口气，道："唉，克里斯蒂安，先决条件必须相称啊。你要是想取得某种公平的结果，先决条件就必须相称，不能太悬殊。"

她吻我，只是匆匆一吻，然后一跃而起，一步三摇地走到水边。

"来呀，跟着我。"

我们面对面，急迫地向更深的地方奋力游去。我们相互拉着手，我把她拽到我身边，紧贴着她的身体，将她搂住。她那惊讶的目光和幸福的默许，我永远不会忘记。我们的四肢百体似乎早已期待这一时刻，故而紧紧依偎。当两人的浮力增加了前进的困难时，我们都笑着应对。我指着前方两面被风撕裂的红旗，那是在警告人们，彼处布下了捕捞鳗鱼的渔网。

我嚷道："施特拉，来，我们绕过红旗游过去，谁胜谁可以许个愿。"

还没征得她同意，我就游了出去。起初，我对她是否会跟着我游并无把握。我以最快的速度游着，红旗在温和波动的海面上飘着。我在到达红旗前第一次回望，看见施特拉接受了我的邀请和挑战，以舒展的自由泳跟着。我看得出来，她游得有些漫不经心，似乎胜券在握，这大大刺激了我。她游到红旗处换了个泳姿，目空一切地游起了仰泳，我们之间的距离并未缩短。我在此时做了中程冲刺，或者说做出冲刺的样子，向前游出很多米，以为很有把握先于她到达海滩。但见她伸出一只胳膊冲我招手，只有确信自己优势的人才有此做派，才那么快乐和宽容。她赶上来了，她双腿旋风般地上下摆动，我觉得她像被一只螺旋桨推动着。

你那么轻松自如，从我身边游过，施特拉，我这时才放弃赶上你的念头，就甘心在你后面漂着，看着你蹚水走上沙滩，而且毫无倦意。

在松树旁的洼地里，我提醒她可以提出一个愿望。她挥手做了个拒绝的手势。不是现在，不是马上，她要另找机会提出。能提一个愿望固然好，但提出的时机须仔细斟酌，不能浪费。她边说边擦掉我背上和胸前的沙土。突然，她深深地弯下身子，我以为她发现了我身上的某个东西，那是过去的伤口，一道疤痕，但引起她瞩目的却是别的东西。

"它真的笑了，"她说，"你的皮肤真的笑了，克里斯蒂安。"

施特拉一次在书里读到，皮肤在某些时候会笑。看来她似乎找到了证据。我很好奇，也不光是好奇，我把身体转向一边，只能断定我的皮肤与往常一样，并不含笑意。

我忽略的，或我感觉不到的，你却能看到。

她的讲法引发了某种东西，我对其毫无准备。在我的想象中，一种不安的渴求越来越强烈，致使我抚摸她，抚摸她的大腿，同时我在寻觅她的目光。两个人的脸挨得那么近，我感觉到她的呼吸。她凝视着我，用眼神回应我的要求，或者说，她的目光也流露出温柔的渴求。于是我脱掉她的泳装，她听任着，还帮我。我们在松树下的洼地里做爱。

她想要诉说，好像我们必须将尚未倾诉的事情统统告诉对方似的。此刻，往事回到记忆中；此刻，我们想更多地了解对方，为了安全，为了替我们的关系正名，或者纯粹为了安慰。

这一切渴求使我们毫无顾忌地提出各种问题。

"这是一个很长的故事,"她说,我把头枕在她的臂弯里,"这是一个很长的故事;克里斯蒂安,在战争时期就开始了,那是在英国的肯特郡,在肯特郡的上空。"

"为什么是上空?"我问道。

"我父亲是轰炸机上的电报员,他们的飞机在首次进攻时就被击落了,他的战友阵亡了,降落伞让他活了下来;我后来成了英语教师。"

"原来这样啊?"我说。

施特拉讲述她的父亲如何被击落,然后被押送到利兹附近的战俘营,在那里度过了几星期。像大多数战俘一样,他变得冷漠麻木。但到了秋天,他和其他战俘被分派去农田劳动时,情况就变了。在霍华德·威尔逊的农场劳动使他很快乐,其他人奉命在战俘营听政治报告 —— 大多数人利用这机会补觉 —— 她父亲却与威尔逊一家人吃饭,还参加了一次简朴的生日庆典。有一次,他们还请他带生病的儿子去看乡村医生,坐着一辆带拖斗的自行车。

"你父亲出生在农村？"我问。

"他是电工，"她说，"他可以向每个人证明，他们生活的地方光线不足。无论去谁那里，他箱子里总装着一些备用灯泡，以成本价出售。他最喜欢的一位顾客管他叫'带来光明的约瑟[1]'，威尔逊一家则称他为乔[2]。

他缘何在战争结束很久之后的某天决定去拜访威尔逊一家，他没有对我们解释，只是说，是时候了，该去叩开他们家的大门了。"

如今她知道，偶尔回到有着重要意义，也许是决定性意义的地方，这是人的一种情理之中的愿望。施特拉如是说，她顿了顿又讲："我们待了七天呀，克里斯蒂安，本来打算只待一个下午，却待了七天。"

我怎么也摆脱不掉她的身影；学校交响乐队演奏时，我目不转睛地凝视她的遗像，仿佛我们已经约好在此刻彼此诉说点

---

1 约瑟（Joseph），《旧约全书》中雅各之子。
2 乔（Joe），约瑟的昵称。

什么，诉说对方尚未知晓的一些事情。

　　我曾两次听过校交响乐队的排练，没想到如今面对你的遗像，交响乐队和合唱团演出的"康塔塔[1]"竟如此强烈地感动着我。音乐表达了那种被抛弃的感觉，那种绝望的追寻，那种寻求答案和救赎的渴望。人们在圣父和圣子那里乞求胜利的力量，他们的时代是最佳的时代。

　　你的脸庞似乎突然容光焕发，施特拉，我曾经吻遍这张脸——额头、脸颊和嘴唇，我用那么多激赏和赞美的字眼对你大加称颂。

　　然后，合唱团像接纳回声一样唱出一声"阿门"，声音轻微，神奇地消逝在充溢着抚慰的太空，征服了这一悲惨事件。我凝望她的脸，体会到从未有过的巨大失落感。这真够奇特的，因为之前我并没有故意要占有什么，对现已失去的，我并无占有的故意。

---

1 康塔塔（Kantate），一种清唱套曲，其中穿插大合唱、独唱和重唱，常有管弦乐伴奏，包含宗教主题情节。

布洛克先生登上讲台，我以为他又要讲话了。但他只是感谢我们，感谢我们参加了追悼会。他没有明确要求我们离开礼堂，只是无言地指了指两个出口。人群开始移动，初始拥挤，继而稀疏地朝走廊走去。走廊立即嘈杂起来。我留在后面，等到那些低年级小家伙们从窗户前走到了出口处，我才走上讲台，朝四周扫一眼，迅速取下施特拉的照片藏在毛衣下面，离开了礼堂。

　　追悼会之后的课取消了。我走下楼梯来到二楼，我们的教室里空无一人。我坐在自己的课桌旁，把施特拉的照片放在面前。但我不能这样久坐，于是把照片放进抽屉里，决定把它带回家，和全班的合影放在一起。合影是一位游客所摄，他是退休的老教师，住在"海景"酒店，对施特拉很了解。摄影师以他的方式将我们分组：第一排躺着，第二排跪着，大个子站在后面，背景是纵列前进的三艘渔船。

　　你笔直地站在跪着的学生中间，一只手摸着身边学生的头。你的得意门生格奥尔格·比桑茨站在最边上——我不明白为什么——他双手抱着一堆东西，那是我们的练习本，我的也在其中。格奥尔格有收练习本的特权。

施特拉在两节连堂课开头出的那个作文题目，我不感到意外，因为她曾预先建议我们阅读《动物农场》。令我失望的只是她的冷淡，只是她的就事论事，她的目光丝毫没有传递只有我俩可以会意的心灵秘密，她回避做出任何由我俩共享的专属暗示。她怎么注视其他同学，也就怎么注视我。即使她站在我的桌边——她的肢体近在咫尺，我完全能把这肢体拉到我身边——我也感到我们之间隔着遥不可及的距离：已经发生的就让它过去，你如今不可能提及。

我相信自己用英文写的读书心得会让施特拉满意。我颇为得意地描写了琼斯先生的领主庄园里的动物起义，依此，该庄园就该叫动物农场。起义的发言人——肥胖而聪明的公猪拿破仑——有片言可以折众的本事，我对它表示了谨慎的尊重。我特别提到动物给自己提出的"七戒"，用白色油漆写在涂过沥青的墙上，这是一种法律条文，我认为对所有动物都具有约束力。我特别强调了几条法律，比如头一条：谁一直用两条腿走路，谁就是敌人。还有第七条：所有动物一律平等。

我对自己的作文很满意。急切地期待下一次课发还练习本。施特拉在课堂上会说明理由，为什么她把有的作文评为一般，有的评为较差，有的评为良好。迄今她只评过唯一的一次优秀。然而，她没有来，好几节课都没有来。要获知个中缘由，殊非易易。

海纳·汤姆森知道你的住址，他每天从沙尔蒙德来希尔茨海港，但他不是我的同班同学。

施特拉只在假期里住几天"海景"酒店，我想到她家里去见她。尽管顾虑很多，但我还是要去。我硬是想知道到底发生了什么事，她到底怎么啦。有时我还起了疑心，以为她是因为我的缘故才不来校。

翌日，我去到沙尔蒙德，找到了那条街，找到了她的家。但见一位老人坐在花园板凳上，就像刚下了班似的，一手抓着烟斗，一手撑着拐杖把手。当我打开花园门时，他抬起了头，那是一张肥胖的、胡子未刮干净的脸。他微笑地注视我。

"你过来呀，"他道，"你过来呀，要么，我得用'您'称呼？"

"用'你'就够了，"我说，"我还是学生呢。"

"真看不出来。"老电报员说。

他审视地打量我一番，问："是她的，是我女儿的学生吗？"

"彼得森女士是我的英语老师。"我说。

他很高兴，我无须再告知造访的理由。

他喊："施特拉。"对着敞开的门又喊了一次："施特拉。"

她出来了，见我站在她父亲身边，她似乎并不多么惊异。兴许她已看见我来了，并且为迎客做了准备。她穿着牛仔裤，开领短袖衫，走出屋子说："我看到了，爸爸，你有客人。"她的握手除了表示礼节性的欢迎外什么也看不出来。她只说客套话："再次见到您真好，克里斯蒂安。"没有诧异，没有责备，更没有任何暗自高兴的表示。

她父亲急于回房间，觉得天气太凉。他需要女儿帮助。她把他扶起，果断地搂着他，拖着他回屋去。他扭头越过女儿的肩膀对我说："腰椎毛病，历史留下的纪念。"

这位老电报员要回自己的房间。房间很小，室外的向日葵向窗户里面点头，窗前摆放着一个类似于工作台的东西，靠墙有一张老式沙发，上面放着一条随意扔下的毯子。他吃力地坐在工作台前的藤椅上，随即向我点头示意，要我在凳子上坐下。

"瓶中船？"我问，并拿起一个瓶子，瓶子里面存留着一幅海港场景，一辆拖车拉着庞然大物般的彩色集装箱。

"业余爱好，"他说，"好打发时光，有时我也给自己找点有难度的事干干。"他指了指一个发亮的瓶子，里面有一艘帆船，三根桅杆平放在甲板上。

"我还得把桅杆竖起来哩。"他说，又补了一句：有人觉得奇怪，三根桅杆怎么能放到瓶子里去，"其实很简单：先把船身放进去，然后安装船的上层结构，再把桅杆连同帆具竖起来，最后装人造波浪。"

在他谈论业余爱好的时候，我偷听施特拉在房中走路的脚步声，听见她在打电话，在厨房干活，在门口接待来访者和邮差。当她端着一只托盘进来并将其放在工作台上时——托盘里放着一只大杯子，上书 The Gardener[1]，还有一瓶叫Captain Morgan[2]的朗姆酒——我怀疑自己是否还能单独同她说话。她父亲抓起她的手抚摸着，说："谢谢，我的孩子。"然后又对我说："茶里掺点朗姆酒味道更好！"施特拉没有让父亲动手，而是自己开瓶，在茶里加了点朗姆酒，拍了拍父亲的肩膀说："To your health, Dad.[3]"接着对我明示："克里斯蒂安，您的饮料在旁边。"

施特拉，你的房间没有让我多么兴奋，白漆书架，白绿相间的多抽屉写字台，一张皮革坐垫躺椅，两把藤椅，墙上挂着

1　园丁。
2　摩根船长。
3　为了你的健康，爸爸。

谜一般的大幅复制画:《女王俯视她的国土》。写字台上，一杯茶放在一摞练习本旁边，杯子上写着：The Friend[1]。不过我似乎熟悉这里，反正没有踏进陌生领地的感觉。

我与她独处，拥抱她，亲吻她——或者说我试图亲吻她，但她僵直着身体，拒绝了我。"不要在这里，克里斯蒂安，请不要！"我把手伸进她的开领短袖衫，这时我感到她的反抗，她反复说："别在这里，克里斯蒂安，我求你啦！"我坐了下来，看着那杯茶，大声念茶杯上的字 The Friend，同时指着自己，用询问的目光示意。施特拉没有回答，也没有证实我想知道的东西，而是问我："你为啥要来？"

我一时无言以对，过了一会儿说："我必须再见到你，还想给你提点建议。"

施特拉带着宽容和疲惫的表情求我，要我多多顾及她，顾及其他人。她问我，是否考虑过我们今后应该如何相处："你知道，这对你我意味着什么吗？"

"我真是熬不住了,"我说,"为了见到你,哪怕只是一瞬间,我甚至想去教师休息室前等你。"

　　她说:"那又能怎样,克里斯蒂安?你平心静气地问问自己吧:现在咋办?"

　　你让我明白,你预见到并周密考虑到我们将会面临何种结果。现在咋办?人在没有把握时才会这样问,也许是因为压力和无计可施吧。

　　她突然说:"也许我应该调走,调到别的学校去。那样,我们会轻松很多。"

　　"那我就跟你一起过去。"

　　"唉,克里斯蒂安。"她摇头,语气是宽容的,只是,对我的说法不能不感到遗憾。"唉,克里斯蒂安。"

　　桌上那一摞练习本让我无法释怀,我一再向那边偷看,因为我的作业也在其中。她一定看过,打了分。想到这个,我就不敢碰施特拉，也不敢问她评分的结果了。

她父亲突然叫道："施特拉。"语气中似有顾虑，然后又叫了一次，请女儿帮他做点什么。她于是把一支准备点燃的香烟搁在烟灰缸上，让我一个人留在那里。老电报员在工作台边可能感到冷，要女儿把在家穿的夹克衫拿给他，然后他们悄声交谈着，我知道是在谈关于我来访之事。我的作文不在最上面，即使在最上面，我也不会去拿。我见到桌上练习本后面放着一个相框，照片上是个金色头发，像竞技运动员一样强壮的男子，他挑衅似的看着镜头，拿着一本卷着的杂志威胁似的指着摄影者。照片的边缘写着："Stella with love, Colin.[1]"

我不想立即 —— 不想立即问她柯林是谁，和她是什么关系。我试猜着他的年龄，不可能比我大很多。我拿起烟灰缸上那支香烟，点燃吸着。我仔细端详那幅《女王俯视她的国土》，我想，那画出自英国画家阿滕博勒之手。女王的国土被朦胧薄暮笼罩，没有道路，没有市街，在一片水域旁似可见屋宇房舍，一一蜷缩在彼处，仿佛无法抵达。

---

1 怀着爱意赠施特拉，柯林。

施特拉，你进来，见我在抽你的那支香烟时，你笑容可掬。

你抬手示意我坐着，说："此地是另一片领土，不是在班级里，你不用在我进来时起立。"

"他好些了，"她说，"从今天开始，我父亲的毛病好些了。"

她走了几步，在写字台前停下，把手放在练习本上。我始终不敢问她自己的得分。我想，她会决定什么时候告诉我。她拖得越久，我的心里就越明白，别指望她会夸奖我。

她从不吝啬夸奖学生，每次发还练习本，讲评我们的作业，说明打分的理由，她都从夸奖开始。我等着她坐到我身边，但她没有。她走到窗户边朝外看，似乎在寻找什么，也许在寻找安慰，寻找灵感。过了一会儿，我发现她脸部表情变了，她带着一丝忧愁而非宽容，说道："克里斯蒂安，我现在所做之事，是我过去从未做过的，你可以将其称为阴谋。是啊，想一想那个把我们联系在一起的东西，它对学校而言就是阴谋。我要对你讲的，也应该在班级里讲。"她说起这个，我就不得不想起

"海景"酒店的房间，想起我们共用的枕头，我感到有一种说不清楚的恐惧，又有一种无名的痛楚。但这只是短短的一瞬，因为她又点燃一支香烟在房里踱步了。

你对我说的话，似乎并非针对我一个人，你似乎要对所有相关的人讲一些原则性的问题："《动物农场》是个实用的寓言，或者说是个可以应用的寓言。它把我们表面上经历体验到的东西用另外的方式表述，显示一种潜在的普泛的真理，姑且将其称为可怜的革命。"

她停留在书架前，面对书架继续说："对于动物来说，革命的经典诉求——更多的面包，更多的自由——并不那么适用，它们的目的是结束人的统治，这是个有限的具体的目标，也是可以实现的。只是，一种新的文明甫立，痛苦便接踵而至了。痛苦始于阶级的形成和少数人的权欲追求。"

这时，施特拉转身对我说："我们既然提起这些东西，克里

斯蒂安，你对寓言的开头部分复述得很充分。戒律、口号，你
把动物们为自己制定的法律称为刻在标牌上的法律，你写得很
明确，切合实际，你也引用了那个可怕的指导性原则：'所有动
物一律平等，但有几种动物比其他动物更加平等。'但你没有
提，或者说忽略了革命的结果，亦即能表明某些革命之特点的
结果。统治阶级内部的权力斗争没有引起你的注意，你也没有
注意那些在征服别人后所实施的闻所未闻的恐怖行为。总之，
克里斯蒂安，你没有察觉，这是人类行为的写照。还有一本你
无须知道却意味深长的书:《革命吞食它的孩子》。简而言之，
你提到革命的原因，却没有陈述革命失败的败因。"

我不想为自己辩护，随它去吧，因为你对我总占优势，你
反驳我总是有理。但有一点我必须知道：你给我的分数或想给
我的分数。

我问："如果我的作文写得不成功，那我对分数就不能期
待过高，是吗？"

你耸了耸肩，用一种近乎斥责的口气说："这里不是谈分数的地方。"

施特拉让我明白，我们之间要保持距离；无论她怎么喜欢我，或对我们的过往怎么认可，她都不愿意放弃在自己领域的权威。"我们不谈分数。"她说得斩钉截铁，我不再试图改变她的意见，我不敢去搂她的腰，把她拽进怀里。

电话铃响起时你不愿意我离开你的房间，你一边接电话，一边看着我。你很开心，也如释重负，你终于等到这个电话了。

施特拉的朋友们早就想带她去船上玩了，多次告诉她他们要来；但依我判断，他们还不能确定哪天到达，因为风向不利。她不同意我提出的一起去水下石场的建议。

"以后去吧，"她说，"等我回来再去。"

我们告别时，她说我这次拜访令她十分意外，以此暗示，以后别让她有这种意外了。我在屋前的花园转过身，但见二人向我挥手，年迈的老电报员也在向我挥手呢。

　　我独自一人，独自一人坐在教室里，面对打开的抽屉，端详着施特拉的遗容；我开始向她诉说她还不了解的一些我的事，包括在防波堤边的一次事故。当时我正在水下查看石头的位置，抓斗里一块大石头从我头顶掉下来，若不是一股巨浪把我冲到一边，那石头没准就砸到我了。

　　有人轻手轻脚开门，我压根没有看见。海纳·汤姆森嚷嚷："你在这里呀。"并快步向我走来。他受布洛克校长的委托来找我，说校长要找我谈话，马上。

　　"你知不知道他找我干吗？"

　　"不知道。"

　　"他在哪儿？"

　　"在他总在的地方。"

我关上抽屉，慢慢腾腾走下楼梯去底楼布洛克的办公室。他没有迎向我，而是坐在办公桌后，做了个手势，要我走近一些。他打量着我，那敏锐、探询的目光让我立刻明白，他想从我这儿知道一点特殊的事情。他让我无言地站了很久，我感到很是屈辱。他那窄窄的嘴唇翕动着，仿佛在品尝一种味特别浓的东西。

他终于开口说话："显然，您当时是想以特殊的方式结束我们的追悼啰。"

"我？"

"您把彼得森女士的照片拿走了。"

"谁说的？"

"好几个人都看见了。他们瞧见您拿了照片藏在毛衣下面带走了。"

"这肯定是误会。"

"不，克里斯蒂安，不是误会。现在请告诉我，您为何要这样，彼得森女士是您的英语老师呀。"

本来我准备承认，是我拿走了施特拉的照片，但站在他的办公桌前，我想不出可以向他供述的动机，至少不能讲只关涉我个人的动机。

　　过了一会儿，我说："好吧，我承认是我拿走了施特拉的照片，我不想让照片丢失，想好好保存它，以此纪念我们的老师。我们全班同学都很尊敬她。"

　　"可是您，克里斯蒂安，您想把照片据为己有，是吗？"

　　"照片会放到班级教室里。"我说。

　　他以讽刺的微笑听着我解释，然后重复道："噢，放到班级里——为什么不放到礼堂的架子上，与过世的几位同事的照片放在一起，为什么不放到那里？"

　　"这事我可以做，"我说，"我可以马上做。"

　　此际，布洛克极为严肃地盯着我，我心里明白，他所知道的情况比我想象的还要多，尽管我想象不出他知道多少，他把我怀疑成什么人。没有什么比遭受不确定的怀疑更令我难受。为了结束谈话，我向他建议，我立即去办他希望办的事："校长先生，如果您同意，我立即把此事办妥，把照片放到您所希望的地方。"他点了点头，放我走了。

我已走到门口，他又把我叫了回来。他并不看我，说道："我们隐瞒的东西，克里斯蒂安，有时会比我们说出来的东西带来更严重的后果。您懂我的意思吗？"

"我懂。"我说，匆匆忙忙要把施特拉的照片放到校长所希望的地方去。

施特拉，我又把你的照片藏在毛衣下面。在去礼堂的路上，我没有回答任何人的问题，我回避与人相遇。

架子上没有完全摆满，只放了六张辞世老师的遗照，全都是年迈的男士，只有一位看起来具有幽默感。那是一位着海军制服的教师，胸前挂着两面交叉的信号旗，据说教过生物课，那是很久以前，早在我来校以前的事了。我把施特拉的照片放在他与另一位脸部棱角分明的老师之间，未曾想到去评论她的邻居。

你有你的位置，对我来说，眼下这样就足够了。

在你的注视下，我找回了自己需要的东西，或者说我认为需要的东西，亦即我们接触时突降的幸福，以及渴盼重复这一切的欣悦。在这一时刻，我确信自己需要你的照片，只为我个人使用。

那明丽的沙滩啊，我等待施特拉的那个令人眼花缭乱、清朗妩媚的星期天啊，我驾驶着那辆大众牌甲壳虫汽车，是克劳斯·布尔特约翰借给我使用的，车顶盖可向后推开，是他父亲的车。他父亲那时正在斯堪的纳维亚半岛为电视台拍摄一部关于拉普人[1]的科教片。那些拉普人拥有令人惊诧的权利，可以作为游牧民族越过俄罗斯边界。我去施特拉家探望她以后，就再也不敢去约她了。我知道，适逢这稳定的夏日天气，她一定会独自一人去海滩，在那里阅读或躺着晒日光浴，所以我决定去等她，在离她居所足够远的地方等。我在车里欣赏贝尼·古德曼的音乐，慢悠悠地开车跟在她后面。她身穿蓝黄相间的沙

---

1 拉普人（Lappen），也称拉普兰人、萨米人，生活在斯堪的纳维亚半岛的北部。

滩连衣裙，肩上挎着沙滩袋，快步而自信地走着。在出售熏鱼和杂志的小亭前，我突然停车出现在她身边。我见她脸色不悦，但马上又发现她的情绪变了，转为意外和惊喜了。

"啊，克里斯蒂安。"她只说了这话，我打开车门，她犹豫片刻就上了车。

她不假思索，一下子就坐到了我放在副驾驶座位上的照相机上："老天爷，这是什么呀？"

"这是我赢的，"我说，"在一次有奖竞赛中我得了第五名。"

"你这是去哪里呀？"她问。

我立即回答："去有东西可看的地方。"

在摆放着很多海上航标的场地旁边，我们停了车。航标等着重新上漆，但先得除锈。

我提议在此拍几张照片，你爽快同意了。你坐着，骑着，抓着，有时候放纵地对废弃的航标摆出爱抚亲昵的动作。我请你扮个汽车引擎盖上的装饰物，你只挥了挥手。你坐在汽车引擎盖上，一如那些被遴选出来的车展模特的做派；风把你的连衣裙吹起，露出浅蓝色内裤；你快速挥手拒绝拍摄，说："别这样，克里斯蒂安，别太过分。"然后你问我打算在哪儿冲洗底片。

我对她承诺，我会独自保存这些照片。

在那个星期天，施特拉也给我拍了唯一的一张照片。我们坐在赌场旁边的鱼餐厅里，阳台上几乎座无虚席。施特拉看了好几次菜单，她点菜的样子把我逗乐了：她把那本皮革封面的菜单刚刚合上，又马上抓过来再看，看了又摇头，再重新做决定。她的寻找、决定和放弃让我觉得好玩，这也没有逃过她的眼睛。她在点菜之前就说过："有时，我喜欢犹豫不决，喜欢有多种选择的可能性。"然后我们点了油炸芬肯威尔德鲽鱼配土豆色拉。

她很欣赏我切鱼的娴熟灵巧，尤其夸我把里脊肉和鱼腩分开的竖切刀法。她试着学我，但不成功；于是我把她的盘子拉过来帮她切。施特拉兴致盎然地仔细瞧我怎样用双手剔出鱼刺，放进嘴里，小心地、滋滋有味地嘬着，然后从嘴里拿出鱼刺举在面前。这时她大笑起来，转向一边，又回头看我，笑道："妙极了，克里斯蒂安，就这样别动，咱们得把它定格下来。"她给我拍照，让我张着嘴，把鱼刺放在嘴边，这个镜头她又重拍了一次。当我建议咱们合拍一张时，她迟疑了片刻——这迟疑我是预料到的，但她毕竟还是同意了。饭后我们来到海滩，在两座被遗弃的沙堡之间找到一个位置。我们用自拍器拍了一张合影，合影展现什么，或者说将展现什么，施特拉和我都不在乎：我们穿着夏装，坐在沙滩上，紧紧靠在一起，努力做出开心的样子，反正是一副自感满足的模样。我嘴上不说心里却想：我爱施特拉。而且我还想：我要更多地了解她。人要是觉察自己爱上了某人，就总感到对某人的了解不够。

你从沙滩袋里掏出福克纳的 *Light in August*[1]，舒展着身子，像感到遗憾一样对我说，你一定要读一读这位作家的书。

---

1 美国作家福克纳的《八月之光》。

我问你："你为什么，为什么要读这位作家？教学计划里没有安排呀。"

"他是我最喜爱的作家，"你说，"是我这个夏季最喜爱的作家之一。"

"你觉得他哪儿好？"

"你真想知道吗？"

"你的一切我都想知道。"我说。

你没有多想，就将我领进了福克纳的世界，领进密西西比河畔的蛮荒之地，那里是熊与鹿的统治领域，也是美洲负鼠和龙纹蝰蛇的栖居福地。年年岁岁，野景依旧，直到木锯和脱棉机改变了那片土地。你也讲到他塑造的人物，讲到统治老爷和流氓恶棍为那片荒野制定了自己的法律，使南方蒙受灾难。

我喜欢听她说话，她说话的方式与在班里不同，略显犹豫，但不是训导的口气，这很对我口味，我差一点把自己当成她的同事了。当然，我打算找机会读一读她心仪的作家，至少也得试一试啊。我们默默无语，并肩躺了一阵子，然后我转身面对她，端详着她的脸，她紧闭双眼。我觉得此刻施特拉的面容比在枕头上更漂亮，我还发现她时不时会莞尔而笑，我很想知道她在想什么，但我没有问。我只问了一下柯林是谁，她简短回答说是教师研讨班的一个同事，现执教于不来梅的一所学校。当她面部浮现一种期许的表情时，我能猜到她在想什么。我猜到她在想我，她把手放在我肚子上，这就证实了我的猜想。

即使某某人来到现场，你也是向着我的。

我不能确定是谁发现了我们，也许是海纳·汤姆森，或者是他那一帮人中的某个家伙。他们是来沙滩打排球的，用声音宣告着他们的来临。突然听不到他们的声音了，紧接着我瞅见几个人影在沙堡后面寻找隐蔽的地方，猫腰偷偷地向我们走近。他们想知道我们在干啥，然后到学校里宣传。我不用提醒施特拉注意我的同班同学，她已发现了他们。她向我眨眼示意并站了起来，闲庭散步似的朝沙堡走去。这时，一个同学站了起来，接着是两个、三个，绷着脸呆立着，好像被逮着了似的。有一个总算问候了我们。施特拉快活地打量着他们，好像并不介意他们的隐秘行动，她说："有时在沙滩上待一个小时是有好处的，谁愿意一起来，我都欢迎。"但无人响应。

施特拉，那一刻我真欣赏你。当你接受他们打排球的邀请时，我真恨不得拥抱你。他们高兴得直拍手，两个队都想要你。而我只想看你，只想把你看个够。我不由自主地想象着再次与你共用一个枕头，或者拥抱时感受你的乳房紧贴我的脊背。尽管你是你们队的主力，谁发球都没有你那么有杀伤力，谁大力扣杀都没有你那么精准，但你不得不认输。

他们力劝施特拉再打一场，但她亲切婉拒，说她必须回家去了。

同学们围着汽车站着，当施特拉系上安全带时，他们彼此交换眼色，给我出主意，挖苦我，有几个还在我身后打口哨呢。我们很快回到她家。老电报员没有坐在花园凳子上，两扇窗户开着。我把车子熄了火，冀盼她请我陪她进屋。因她沉默不语，于是我建议一起去乘坐我们的小橡皮艇，去水下石场看个究竟。施特拉把我拉到身边，吻我。

她说："朋友们在那边，他们会来这里接我到船上去。"

"什么时候？"

"可能就是明天吧，至少我希望如此。我要尽情享受几天的时光。"

"那以后去石场，好吗？"

"行，克里斯蒂安，以后吧。"

下车之前，她又吻了我一次。她在大门前向我挥手，这次不是匆匆地顺便地挥手，而是慢悠悠地，似乎我应甘心忍受此次离别。也许她还想安慰我。那时我第一次想到，我要与施特拉生活在一起。这是一个突兀的大胆想法，如今我明白，这个想法在很多方面都是不合适的，之所以产生这个想法，完全是因为我害怕我与施特拉的关系会戛然而止。将我们的关系延续下去，产生这种渴望是多么合乎情理啊。

自从那天朋友们把你接到一艘双桅杆帆船上后，希尔茨海港就让我感到绝望了。索尼娅目睹了你离去的整个过程，我从她那里获悉，他们划着一只备用小船到海滩接你，再把你送到北极星号船上，船主大概想不出别的船名吧。你走了，我失魂落魄似的四处游荡，在锈迹斑斑的航标旁坐一会儿，在三棵松树旁坐一会儿，在栈桥上坐一会儿，甚至还进了"海景"酒店，也不知道自己去酒店干啥。

一天下午，我考虑去看施特拉的父亲，但又想不出拜访的理由，仅仅是希望感受一下施特拉近在眼前罢了。这时，她寄来的一封信到了。

那天我把卡塔琳娜号洗刷干净，颇觉疲惫，回家时父亲说："有你一封信，克里斯蒂安，从丹麦来的。"我飞快上楼进我的房间，我要独处。寄信人十分"慷慨"，似乎要隐瞒点什么，信上只写着：施特拉·彼，寄自埃洛岛。我立马明白，不写详细地址就是不要我回信。信，我没有从头开始读，首先就想看怎么落款。当我读到"Hope to see you soon, best wishes, Stella.[1]"时，我真高兴得有如心临九霄，首先只想找个地方把她的这封信好好保存起来。

你在信中谈到埃洛岛的风平浪静，谈到在宁静海湾游泳的快乐，谈到参观另一座岛上的海洋博物馆。你谈到你们所见的一切：一条虹鱼标本，一条鲸鱼标本，那是一条在海滩上搁浅的巨型蓝鲸；还看到许多玻璃容器里养着鹦嘴鱼、珊瑚和红色鲈鱼；特别引起你注意的——读到这里，我不由得会心笑了——是那几只正在吞食鲱鱼的巨蟹，你把它们称为造物中最冷漠的食客，观察它们吃食的情景，那是对耐心的一种考验。你还提到小海马，在你看来，小海马是快乐开朗的一族。

---

1 希望很快见到你，祝好，施特拉。

除我的英语语法书外，我再也找不到收藏施特拉来信更好的地方了。我把信折叠起来放到书里，我想象着未来不知会发生什么，也想象未来某天我们回想过往时会问："你还记得吗？"我们并肩坐着一起读信，也许会惊讶，它给我们带来的欢愉竟如此之多。

　　那时，我第一次梦见施特拉。那是个耐人寻味的梦。我上课迟到了，大家都坐在教室里，他们幸灾乐祸地瞅我，露出讥讽而好奇的神色。我坐到自己的座位上，目光被黑板上的印刷体字吸引："Please come back, dear Stella, Christian is waiting for you.[1]"我冲到黑板前把字擦掉了，同学们脸上那别有用心的高兴表情向我显示，他们胜利了。

　　等待，等待她归来。尽管有时我想，我命中注定是要等待的，而且我已习惯于等待。然而，施特拉不在的日子令我特别难挨。下午，我驾驶卡塔琳娜号送"海景"酒店的客人作短途旅行——几乎每次都是去鸟岛，人们在那里修建了一个泊船的小码头。我带着客人围岛转悠，指给他们看护鸟人的小棚屋，

1 请回来吧，亲爱的施特拉，克里斯蒂安在等你。

给他们介绍护鸟老人的情况：他喜欢独居，有时与一只被驯化的海鸥分享他的孤寂，那鸟因为枪伤不能再翱翔云天。

那位先生上船给我付船票钱的时候，我觉得他很面熟。稍后他在船尾找到座位，我更加肯定此人就是柯林，我在施特拉的房里见过他的照片。他穿格子衬衫，外面套一件麻质夹克，与照片上的柯林惊人地相似。只是当他转身对着胖胖的女邻座，表情丰富地讲述什么时——可能是在讲船舶罹难时的应对方式吧——我才略有怀疑，但这怀疑是短时的，因为当他用探究的目光凝视我并显得有些局促时，我就完全肯定此人就是柯林了。他来此地是希望邂逅施特拉吧，我想起照片上那句"怀着爱意赠施特拉"。在码头边，他帮助年长的旅客下船；在环岛途中，他是旅客中提问题最多的人。我们知道他是个海鸥蛋爱好者，想在这里收集几个，可惜现在不是捡蛋的时节。

后来他感到呼吸困难，不是在小棚屋旁边，而是在漂到岸边的树干上——我们坐在树干上观看海浪舔舐海滩；开始，他清了清嗓子，接着头朝后一仰，急促地喘气，抓着脖子使劲扭动，想呼吸顺畅。他盯视我，目光不再是探究的，而是急切寻求帮助，同时他拍打和摸索着他的口袋。

"您不舒服吗？"

"我的喷剂，"他说，"Sanasthmax，我把喷剂忘了，在酒店里。"

我征求游客的意见，只有少数几个愿回酒店。我带他上船，送他回到"海景"酒店。接待处的那位男士带他到长沙发上躺下，他依旧气喘吁吁。他说了自己急需的东西："在床头柜上，喷剂在床头柜上。"接待处那位工作人员准确无误地取下钥匙板上的一把钥匙，急匆匆地上楼去了。我和这个酷似柯林、暂时被我当成柯林的人单独待在一起，我决定弄个明白；我端来一把椅子坐在他面前，他费劲表达谢意，我请他不必客气。我向他讲起我们希尔茨海港的沙滩节，告诉他如果他早点来就能参加这个节庆了，到场的游客来自四面八方，连我们老师也参加了。他对这些不感兴趣，不想再听下去；但我还是感到，他不时用探究的目光注视我。

直到接待人员回来我才把事情弄清楚。他拿来喷剂说："有您一个电话，克兰茨博士，从汉诺威打来的，汽车明天到。"尽管那天早上我让他感到意外，但他没有留意我，看来，他想不起我们的相遇了。

　　我在家里又读了施特拉的来信，反复读了好几遍，想到护鸟人的那间小棚屋，我决定给施特拉写信，我必须写。我毫不犹豫地写下"最亲爱的施特拉"，一开始就让她知道，她不在，希尔茨海港的一切是多么索然无味、无以慰藉啊。"老人太多，旅游航行无聊，总是飘散着鱼腥味儿，总是刮着带凉意的东风，风向总不改变。"然后我告诉她我的计划，我越写越兴奋，觉得无比幸福。我还拟定了两人计划。"施特拉，你想象一下吧，咱俩搬到护鸟人的小棚屋去，就你和我。我要在小码头边钉一块牌子，上书'此处禁止泊船'。我要修补顶棚，给门装上插销，给炉灶收集柴火，再买些罐头和干粮放在船上，我们什么都不缺。"我如是写道。末了，我对她许诺：我们会一起游泳，特别是，醒来后两人就厮守一起。我在"附言"中又补了一句："也许我们能够学会生活在一起。"落款我本来想写"Yours sincerely[1]"，后来选择写了"Yours truly, Christian[2]"。我把此信装进信封，放在英语语法书内，留待以后再说。

我还在细想这封信，这时父亲喊我下楼去，语气简短，一贯的命令式。父亲站在开着的窗边，手里拿着望远镜，指着外面的海湾说："你瞧呀，克里斯蒂安。"我们的驳船漂在那里，离它不远停着毅力号拖船，一根缆绳把两船连在一起，但缆绳没有绷紧，而是松弛地挂着，在水中晃荡。我透过望远镜，看到我们的驳船上装着东西，也看到弗雷德里克正在拖船船尾，拿着钩篙在那里又推又捅在拔除什么东西。"走，我们过去。"我父亲说。我们来到码头，我开着泊在那里的橡皮艇来到拖船旁边。

我父亲很快就摸清了情况。他不需要弗雷德里克说什么，就知道拖船被一个没有插信号旗的渔网所困，他立马递给我观察镜和船上用的刀子，说："你下去看看。"此前螺旋桨转速过

---

1 你的真诚的。
2 "你的忠实的，克里斯蒂安"。这句话中的两处英文均为署名前的客套话。

快，卷进渔网，被渔网绞住卡死了，还有一片渔网松散地垂挂在螺旋桨上。我没有浮出水面，也没有告诉他们水下的情况，就拿着刀工作起来。一个网眼中卡着一条鲭鱼，它像水雷一样钻进网眼后窒息而亡，我用刀把它割了下来。我时不时浮出水面换气，切割着那梆硬的、像长在了螺旋桨上的网绳。这把刀要是带有锯齿就好了，那我切割网绳，解放螺旋桨就方便多了，可是现在切割时不得不使劲将绳子压住。不过最后我还是给螺旋桨解了套。我父亲和弗雷德里克对我水下的工作夸奖了一番，接着他们三言两语就彼此会意接下来该干什么了。

拖船上的这台发动机很可靠，我们缓缓地起航，驳船上系得松松的那根缆绳从水里升起，绷紧拉直。牵引力很大，驳船启动了，调头跟随拖船的航线而行。我认为这最后一船石头会被运到海港入口处以加固防波堤，但我父亲做了另外的决定：还没到防波堤，我们就抛锚停泊了。弗雷德里克走到吊车旁，就像平时那样，把一块块石头吊出船外再沉入水中。他没有派我去水下查看石头摆放的位置，我父亲认为，把石头沉到水底就行了。父亲解释说，把石头沉入这里，是为了减缓海浪的第一波冲击力，然后借助海港入口处前的防波堤拦住海浪。这项工作不是马上能见成效的。等全部石头沉入水下，就会看出海浪涌流节奏变慢，波激浪涌的海水变得疲弱，再也无力重新聚合，扬波翻腾。

一艘划艇出现在鸟岛旁，它缓缓地滑行着，至少有一阵是向着希尔茨海港的方向，但出人意料的是，它调转方向朝我们来了。划桨者向我们数次招手，示意要在我们这里停泊。我父亲放下望远镜，说道："是马蒂森，护鸟老头。"接着提示我帮老人上船。然后他们开始愉快地发问，握手，互相叫着名字：是威廉吗？是安德列亚斯吗？这是他们彼此问候的方式。两位老伙伴喝着朗姆酒，打听彼此的境况：家里怎么样？有什么打算？健康状况如何？我从他们的谈话中知道马蒂森不干了。"威廉，我卷铺盖走人了，风湿病。护鸟站暂时没安排人。"他说他刚才最后一次去了小棚屋，拿了一些个人物品和去年的记录本，"没有发生多少情况。"本子上记载着海军在远洋上进行的一次救生演习，当时一名士兵在演习中丧生。然后，父亲要我把马蒂森送回希尔茨海港。他挨着我坐在橡皮艇里，因痛风而弯曲的手指紧紧捏着烟斗，好像在提防有人会抢夺他的烟斗似的。他有时闭着眼。当我问他如何处置小棚屋时，他并不感到意外，只是耸了耸肩。

　　我问他会出售吗，他说："这种东西，克里斯蒂安，不值得卖呀。"

　　"就让它放在那里？"

　　"对我来说，就让它放在那里，说不定可以作为某些人的临时栖身处或小客栈呢。"

　　"小客栈？"

　　"是的，天气不好的时候。"

　　"来这里，人们就不大会迷失方向。"

　　"可不是嘛，不久前还有人来过呢，他们也许是寻求庇护所，也许只是为了单独待在一起 —— 我马上就看出来了，我能感觉到。"

我问道："有时你会丢失什么东西吗？"

"从来都没有，"他说，"我至今没有丢失过什么，这值得我深思。反倒是他们有时会遗忘什么在那里，一条手绢，一块掰过的巧克力，一个发卡之类的，但没有任何人——寻找临时住处的人拿走过什么。就是这样，小伙子，事情就是这样。"

在我们航行途中，他在水里下了拖钓钓具，钓线很长，有两个浮标。进港之前，他收起钓具，钓到两条梭子鱼，他很开心。我把他的划艇固定好之后，他把两条鱼递给我，说："拿回家吧，克里斯蒂安，你母亲保准会做成鱼冻，这鱼适合做鱼冻。代问她好。"我们分开时，他还在我肩上拍了一下。

施特拉和我在海滩沙堡之间拍的照片放在我房间里好多天了，但母亲似乎还没有发现，至少没有拿在手里看过，也没有提任何问题。直到有一天——那天我正在读奥威尔的一篇杂文，她把照片拿到光亮处，审视着，端详着，突然想到什么，所以又把照片拿到别处。她坐在近窗的地方，把照片凑到眼前，觑着我，又瞄着照片，她来回游动的目光似乎竭力要把她尚不知道的情况弄个水落石出。她的脸上露出不满，显然，她不得不承认，她对我的一切——迄今的一切并不全都知晓，在某些方面她丢失了我这个儿子。她硬是要知道一切，估计这是出于她一贯的需要，免得我让她和父亲失望，免得我犯错误和遭受各种痛苦。她全神贯注于照片良久，我不相信，照片上会有什么特别的东西让她看出来。

她终于以满腹疑云的口吻认定："克里斯蒂安，你身边的这个女人看起来年纪比你大呀。"

这时我也想说点什么。

"她是我的英语老师，"我说，"我们偶尔在沙滩聚聚。"

"好一个漂亮女人。"母亲说道，接着又问："她有孩子吗？"

"据我所知，她还没结婚呢。"

"真一个美女。"母亲重复道。

有她的这番赞词，我于是斗胆建议："你要是不反对，我可以带她来家里喝咖啡。"

"你的老师？"母亲不信。

"就是嘛，为什么不可以？"我说，"我要是请她，她肯定会来的，她这个人可好啦。"

"看得出来。"母亲说道，又补了一句："你们彼此喜欢对方，这也看得出来。"她没有再讲什么，把照片放回原处，然后摸摸我的头发，让我独自待着。

母亲知道的情况比让她知道的还要多些；即使不知道，她也能预感和察觉到，这是当母亲的秘密。父母在床上议论我，我虚掩着门听他们议论。我是偶然发现他们很晚才回到家里的。

父亲还没有注意到这张照片，他初始对我有施特拉的照片并把它放在我桌上并不感到意外，他说："唉，尤塔，这种事有啥稀奇，每个小伙子都有崇拜的对象呀，尤其是女老师长得标致。"

"仅仅是崇拜就好了，"母亲说，"我不反对崇拜，但克里斯蒂安不只是崇拜，我认为他不只是崇拜呀。"

"那又怎样？"

"你瞧他们坐在沙滩上的样子，高高兴兴，手拉手，和女老师手拉手呀，你瞧他们对视的眼神，你就会相信，他们在相互期待。"

"克里斯蒂安兴许只是爱上了，我认识他的女老师，长得非常好看。"

"照片上分明显示，他们就要抱上了。我的意思是，你得好好考虑这事。"

"克里斯蒂安十八岁了，尤塔。"

"瞧你，"母亲回道，"而这个女老师，比他年纪大很多呀。"

"那又怎样？年龄差距有时候还有好处哩。"我不得不偷着乐。

他停了片刻又换了一种打趣的声调说："这个问题我们已经谈过，很久以前谈过。"这是在暗示他俩的共同生活体验，但母亲还是难以释怀。她又东扯西拉谈到克丽丝蒂娜，她是我的女同学，曾多次拉我去参加烧烤晚会，但每次她都失望而归。父亲不急于搭理，然后说道："有时事情就是这样：你不知道会发生什么，有时你又无法抵御。"我不由自主地从床上坐起来，我从未听过父亲如此说话，我打算把门缝开大点听，但我没有，因为他们觉得没有什么好说的了，互道晚安睡觉了。

施特拉，你不会对此感到奇怪吧：翌日早上我就把我们的合影拿在手上，想找出我母亲认为看出问题的地方，但我没有发现可证明母亲怀疑有理，或可证实母亲的猜测的任何破绽。

我再次拿起奥威尔的杂文阅读，似乎只有通过这种方式才可感受施特拉近在眼前。我承认，理解奥氏杂文我还缺乏某些先决条件，但他预见人们会批判性地接受《动物农场》，这引发我的思考。他期待着，人们会把他书视为一种比喻，即比喻一切专制的形成和实践。不过俄罗斯的专制是个例外；它不允许人们对它进行贬抑性的比喻。我准备同施特拉不光是讨论这一点，而且还讨论 —— 一如奥威尔所为 —— 在极端形势下，比如战时的新闻自由问题。我想象着我们班里会对这些展开讨论，会欢迎每个同学畅所欲言。但此事并没有发生。

我不禁再次想起，我们希尔茨海港犹如从睡梦中被唤醒一般，那是在它突然有了重要会议举办地的名声之时。来自七个国家的渔业专家在此聚会，要对他们关切之事做出决议，更重要的是为他们的政府制定出法规草案。专家们——其中两位属部长级——下榻于"海景"酒店。酒店前面，日夜停放着一部绿色大众牌运输车；酒店还升起这些国家的国旗。

我根本没有料到，施特拉在会议期间会公开表示对我的信任，不是通过话语，而是通过行动。此前有人挑选并请求她担任会议助理口译，代替苏格兰专家那位患感冒的同声传译者。施特拉谈起这个任务既高兴又有些担心，担心是因为她承认自己的鱼类知识有限。"你瞧，克里斯蒂安，我们不愁没有学习的机会啊。"她学习鲂鮄的英文名，以及鲽鱼和梭鲈鱼用英文怎么说。鲭鱼和鲱鱼的英文名称她是很熟悉的。

会议开幕招待会真让我大开眼界：七个国家的渔业专家相

互致意和问候时是那么热烈而持久，好像他们因长时暌隔而感痛苦，所以重逢的欢悦应持久一些才是。握手、拍肩、拥抱和呼喊啊，发生在"海景"酒店露天平台上的这一切宛如在举办家庭庆典，一次渴盼已久的庆典。当各代表团开始步入大厅时，施特拉要我参加大会，"你就听听吧。"我跟在一对夫妻后面，他们手挽手，领口翻边上挂着写有自己名字的小牌子，牌子上画着一条跳跃的鱼，可能是海鳟鱼吧。我还未进大厅，就察觉有人紧紧抓住我的上臂，把我拉到了一边。一个魁梧的保安人员问我，语调并非不友好："是代表吗？"因为我没有马上作答，他就招呼一个同伴过来，那同伴抓住我手腕，并说："别吭声，千万别吭声！"要把我拽到摆放室内植物的角落里去。施特拉看见了，迈着强劲有力的步子朝我们走过来，用我从未听见过的嗓门朝那两条汉子怒吼："我的专题报告演讲人，快放开他。"同时轻轻地拍着自己的代表牌子。两名保安面面相觑，拿不定主意，但终究还是放开了我。我们进入大厅，好像我们是一起工作的。我在讲台前第一排落座，施特拉则登上讲台去到苏格兰专家那里，那位渔业专家泰然自若地注视着前方。

　　一位挪威渔业专家致欢迎词，他用"My dear friends and colleagues[1]"称呼与会者，他的英语声调优美。通过翻译员，他宣布了一个令人高兴的消息：上一次规定了在北海捕捞鲱鱼的限额，此规定收到了预期的效果。这个论断获得了众人的掌声；我有一个印象，就是与会的每位代表对这一成果都做出了自己的贡献。另外还有两位做了简短的报告。苏格兰专家依据自己写好的提纲发言，谈及鳗鱼捕捞方面那令人揪心的状况，他不得不预先指出，如果我们不采取保护性措施，鳗鱼将很快从我们的海域灭绝。他不仅把这种状况归咎于疯狂的捕捞，而且认为这与大西洋的洋流改变也有关系。虽然还有鳗鱼苗从马尾藻海游到我们这里，但数量已经不多了。施特拉在翻译时只询问了几次，时不时把专家的话换成另一种说法，以此来拯救自己。这一点，我从她翻译时的迟疑和挥霍字句可以看出来。苏格兰专家向她鞠躬表示感谢，还笑容可掬地递给她一张纸，我猜想是书面祝贺。但后来我发现此人擅长速写，把施特拉画

---

1 亲爱的朋友们、同事们。

成了一条美人鱼，有一条漂亮的弯弯的尾巴。

施特拉啊，你的美丽有如童话一般，我愿跟随你到任何地方，哪怕是海底。

后来，人们把宣布会议休息时间的权力留给了苏格兰专家，他微笑地指着白布罩着的自助餐柜台，宣布："The Bazaar is open.[1]"

施特拉向他点了点头，我们一起去自助餐柜台。她没有听到我对她的赞美。她给我拿了一个盘子，介绍了菜品，给我盛上好多菜，仿佛这是她的任务似的。多么丰盛啊！单是鲱鱼就有十二种不同的做法：鲱鱼冻，卷心菜鲱鱼，还有黄瓜卷鲱鱼，加上切成片的鸡蛋。鲱鱼旁边是粉红色鲑鱼、鲽鱼里脊、深红色金枪鱼块、鲟鱼里脊、梭子鱼卷和白色鲟鱼块。为了来自七国的渔业专家，海里的珍馐美味全都被搬到桌上来了，但没有鳗鱼，我不感到奇怪。我同苏格兰专家碰杯时，他赞赏地看着

1 集市开放。

我的盘子；他在礼貌性地说声"对不起"后问我是不是渔民，是不是"native fisherman[1]"。我回答说："We are only fishing stones.[2]"他笑了，显然以为我在开玩笑。

他试图接近施特拉，无论同谁说话，他的眼睛总是瞟向别处，他在寻找施特拉，这一点逃不过我的眼睛。我们站在桌边吃蒸鲭鱼的时候，她给我看苏格兰专家给她画的速写。

他把你画成披着长发，有着梦幻般的大眼睛。看着画中你那弯曲的带鳞片的鱼尾，我情不自禁地立刻抚摸了你。你并没有把手从我这里抽走，一面漫不经心地对一位波兰渔业专家招呼："一会儿见，我马上过来。"

她转身时对我说："今天晚上，克里斯蒂安，我等你，只需敲一下窗。"她看着那张幽默画，微笑着补了一句："Come and see.[3]"

专家们对冷餐时加演的节目很是赞赏，这从他们的掌声中

1 本地渔民。
2 我们只捕捞石头。
3 过来瞧瞧吧。

就可知道。他们很欢迎那位由他们的主席请来的歌手。他弹着吉他，唱出了专家们的渴望和关切，他向大海和风发出乞求，还特别演唱了一位忧心忡忡的母亲在等待远方亲人归来的故事。专家们有节奏地鼓掌，施特拉也鼓掌。后来有几位专家去了酒吧，施特拉没有去。

我同一位专家——他以为在卑尔根渔业生物研究所碰见过我——简短交谈后，发现施特拉已不在大厅；我于是离开"海景"酒店，在海滩上溜达，然后从容地朝海岸道路走去，因为我想给施特拉留出时间。我怀着期许的欢乐，决定和施特拉谈未来，谈我们的未来。我要让他知道我对两人共同生活的设想，对这个设想我没有任何顾虑，因为我认为自己有权利让我们的感情持续下去。这么想着，于是我走着去了沙尔蒙德。

施特拉的房里亮着灯，那一盏小台灯。她不在房里，我跨过低矮的花园篱笆，悄悄溜到向日葵下，向厨房偷看。他俩都在那里，施特拉从平底锅里倒出汤汁盛到小碗里，她的父亲，老电报员坐在板凳上，满怀期待地看着她。她一边做事，一边不时同父亲简单聊点什么，那模样似乎是想缓解父亲的急躁情绪。我感到有些奇怪，她父亲那么专注地瞅着她，特别是在她把粗硬的面包切成片时：她紧闭着嘴唇，弯腰站在面包前，用刀子量好距离，使劲、竭尽全力向下压切，有时还撅起下唇朝脸上吹气。她把面包片和小碗端给父亲，看着他吃，他吃得很快，那是显而易见的老年人的饥饿，或者说是老年人的馋嘴。她温柔地拍着父亲的肩膀，也许是在赞赏他。当父亲把最后一片面包掰进小碗时，她吻了父亲的额头，老电报员抓起她的手，无言地握在自己手里好一会儿。

我离开向日葵花丛，围着这幢房屋走了一圈，又朝施特拉的房间看一眼，然后回家。这时暮色朦胧，我踽踽独行，在路上就想好立即给她写信，说明我为何不敲她的窗。我不能那样；眼前又浮现厨房那一幕，我实在于心不忍。

我还在写信，有人在抓我的门，不是敲门，而是抓门，就像狗猫进屋时那样又抓又挠。

索尼娅站在门口，赤着脚，穿一件无袖连衣裙。我们的小邻居像平时一样，连招呼也不打就闯进来了。

我说："你早该上床睡觉了。"

她说："我一个人在家。"

她自信地走到我的写字台前，坐到椅子上，微笑着，在桌上放了个什么东西。"给你的，我给你找到的，克里斯蒂安。"她把一粒琥珀放在施特拉和我的合影前面，琥珀还没有骰子大，边缘光滑，中间透明锃亮。

"你在海滩上找到的？"

"就挂在一条撕裂的海藻上。"

我把放大镜递给索尼娅，她在琥珀上找呀找，当然，她知道会在琥珀里找到什么，然后她断定："对啊，克里斯蒂安，里面有东西。"好像这是她所期待所希望的。放大镜在我俩之间传来传去，我们的研究很有收获，我们证实的成果是："一只甲壳虫，克里斯蒂安，一只甲壳虫！"我补充道："还有一只蚊子，当树脂滴落时，它们都没有注意到，现在就永远留在琥珀里了。"

她对我的解释心满意足，但与固化在琥珀里的小昆虫相比，她对施特拉与我的合照更感兴趣。她把照片拿在手里："你的老师，对吗？"

　　"对，索尼娅，彼得森女士，我的老师。"

　　对照片透露出来的信息，她思索良久，突然问："你们喜欢对方吗？"

　　"为什么问这个？"

　　"相互喜欢的话，你就肯定能升级了。"

　　"不管怎样我都能升级。"我说。

　　"她马上也是我的老师了！"

　　"你会很开心的，上她的课很有趣。"

　　"她要是住在这儿，我还能来拜访你们吗？"

　　"永远，你永远可以来我们这里。"

　　她原来在思考这个，我毫不怀疑，她还会提出更多的问题。这时有人喊她了，我马上听出是她母亲的声音，那尖厉的、不讨人喜欢的声音，我有时自忖，海湾里的水鸟也会被这声音惊扰。我感谢索尼娅送我琥珀，并答应她把琥珀放在照片旁边。

我又独自一人了。我从抽屉里拿出好久没有动过的存折，是爸妈在我行坚信礼时送给我的，里面最初存有100马克，现在积攒到240马克了。我决定取出150马克，但还不明确用这笔钱干什么，重要的是，为了我的不时之需。

我在拖船上向父亲建议，对我在假期或放学后的工作或许可以考虑作另外的安排，工作更定时一些，报酬高一些。这时父亲猜测我是不是有什么秘密的需求。在返航途中——我们坐在甲板上抽烟——我问他能否对我的工作，也就是驾驶卡塔琳娜号环岛旅行和在驳船上干活，付我固定工资。这时他以前所未有的惊愕表情盯着我，不只是惊愕，还有怀疑。起初他问："你要钱干什么？"见我沉默，他又问怎么样支付报酬。我算给他听，环岛游一次5马克就可以了，驳船上的工作另付5马克很合适。父亲好像在估算我提出的钱款数目，也许在拿弗雷德里克的工资做比较，他的工资我是知道的。反正父亲没有提出异议。过了一会儿，他问："可是，克里斯蒂安，你还是要和我们住在一起，对不对？"我听出他话里有刺，故不回话。他默许我不提这事，我真如释重负。他微笑地看着我，把我挤到一边说："走吧！"于是我们走下甲板，踏上熟悉的归家之路。

在工棚前他把手搁在我肩上，直到家门口才把手放下来。在门口他似乎又突然想起什么，想起他正在思考和必须处理的事情。于是，他与我又回到工棚，他拉着我进去，两人默然无语走到那个梯子边，爬上梯子就可进入一个嵌入的小阁楼。这时我就知道他要干什么了；他此前发现了我隐藏在旧缆绳、渔网和竹竿后面的东西，现在要我做出解释。那是几盒罐头、两袋面粉、干果、面条，还有船上吃的面包干。谁见了这堆东西都会以为我要去远航。我父亲指着这偷偷储备的食品，装作惊异的样子说："这够吃一阵的，我是说够我们一家人吃的。"这回我突然想到一个答复，对他说我们班要做一次长途旅行，会在帐篷里住几天；他微笑，我不能肯定他是否相信我。我们道别后，父亲还站在梯子上，他又说起了我的建议，用顺便一提的口气说："行啊！克里斯蒂安，把你工作的小时数记下来吧。"

弗雷德里克身上总带着一个名叫"弗拉赫曼"的酒瓶，无论在驳船和拖船上干活，还是坐在工棚前的凳子上，或是去鸟岛途中，他都不时地从上衣口袋里掏出酒瓶喝上几口。那是个装在皮套里的金属瓶，里面盛着他最爱喝的朗姆酒。那天下午，在"海景"酒店不远处，逐渐增强的大风把他从橡皮艇里掀翻出来，给聚集在栈桥上的游客增添了一次有趣的度假经历，那时他肯定也嘬了几口酒。我心里明白，橡皮艇肯定会被海下汹涌的暗流掀起来，果不其然，当他再次想关闭橡皮艇艇外发动机时又被掀翻到水里了。他游呀游，橡皮艇还在运行，但不是走直线，而是围着他打转，离他时远时近。在他试图去抓橡皮艇那根环状缆绳时，他陷入被压到水下的险境，于是从旁侧浮上来。我甚至觉得橡皮艇盯上了他，对他紧追不舍。他拼命游着以自救。

　　突如其来的飓风宣布恶劣天气的来临。首批返航的一艘渔船掉头把弗雷德里克拉到船上，拖着橡皮艇一起走。渔船纷纷避到海港安全处。栈桥上的游客作鸟兽散。"海景"酒店的服务员收起咖啡花园里的遮阳伞、桌布和彩带。两艘捕捞鳕鱼的远洋渔船也已进港。海上翻滚而来的壮潮宛如被掌控一般，不断掀起冲天狂涛，忽又坠入深深的波谷，让人感到它那威力无比的冲击力。乌云低垂，被狂风撕碎乱飞。突然，我看见了它，看见了港口外那艘双桅杆帆船，它顶着强劲的东北风，正在向我们的海湾驶来。尽管我看不清船名，但我立马知道那是北极星号。在受到一阵风暴打击后，它全力以赴、鼓满风帆向海港驶来。我从栈桥跃下海滩，沿海滩向防波堤跑去。已经有很多人站在那里观看渔船入港，其中也有老托尔德森。他老人家既不是受聘也不是被选举出来，而是大家一致默认的海港督察员。他眼里只有那帆船，他用不着猜测，就知道船上的人有什么打算。他像发号施令似的，用半大的声音指示着、警告着："降下大帆，靠发动机的推力进港，前帆别动，只挂前帆，人站在外面，放下铁锚。"他迎着风说话，伴随着抗击风浪的每个举措，时而诅咒，时而叹息。我紧紧挨在他身后，开始感到恐惧，随之而来的是一种莫名的痛苦。看不清北极星号上是谁在掌舵，但看得出甲板上站着好几个人。有一次船险些被风吹得打横，但一股劲风又将其带回航道，看来这艘临危不惧地航行之船能够抵达海港。然而，就在我们抛下最后一批石头的水域，它被风暴突然掀起，一股意想不到的力量将它猛推到水下的防波石上。

"傻瓜，"托尔德森吼道，"你们这些傻瓜。"

他和我们只能眼睁睁地瞅着船头下沉，忽又被抛起。有一阵它似在摇晃，然后船身歪斜，撞到海港入口处的防波堤石墙上，旋即再次被掀起，砰的一声撞上石墙，前面的桅杆折断了，砸在甲板上，滚到旁侧，把甲板上的两个人拽入石墙与船体的夹缝中。

"他们会被挤碎的！"托尔德森吼道，并命令我："快下去，克里斯蒂安，把船撑开，帮他们把船撑开。"

我们三个人攀在船舷上，竭力想让上下颠簸的帆船离石墙远一点。但我们无能为力，帆船在猛烈撞击下嘎吱作响，石墙与船体之间的夹缝稍许拉大一点的时候，我看见我下方的水面上漂浮翻动着两个绵软无力的人体。如果爬下去接近他们，是要冒风险的，所以，托尔德森招呼一艘渔船过来，渔夫扔给我们一根带铁钩的缆绳——他们用铁钩和自制的捕鱼笼捕鱼。我们小心翼翼地使用这个工具。

我们首先钩住了一个小伙子的带风帽上衣，把他拉到甲板上，让他平躺着，有人给他做胸部按压。我不许钩第二个，因为我立即认出那是施特拉，她那痛苦地张开的嘴唇，那披散在前额的头发，那不由自主来回摆动的双臂。我让人将我紧绑，滑下缝隙，两腿支撑着弯下身子去抓，几次都抓了个空，最后还是抓到她的手腕，接着再抓，终于把她抱起。我示意，他们就把我俩拉了上来。

施特拉啊，你躺在甲板上一动不动，双臂交叠，我看不出你是否还有呼吸，我看到你头部伤口在流血。

我想抚摸她的脸，想触摸她，但同时又感到一种奇特的羞怯，我也不知道为什么，也许是因为我在对她表示亲密时不想有人在场吧。这种羞怯感转瞬即逝；当托尔德森命令渔夫立即叫急救车来防波堤时，我在施特拉身边跪下，把她双手交叠放在她胸口，然后学着别人的样子，上下按压，直到有水从她嘴里喷出来。她双目紧闭，我乞求道："看着我，施特拉。"这时我抚摸她的脸，重复我的请求："看着我呀，施特拉。"她睁开眼睛，那是一种难以理解的眼神，仿佛从远方飘落到我身上。我不停地抚摸她，她的眼神慢慢变了，好像在寻觅、在询问什么，她肯定在记忆深处寻觅着什么。她翕动着嘴唇，我以为她是在叫我的名字："克里斯蒂安。"尽管对此不能肯定，但我还是说："是我，施特拉。"接着说："我带你去安全的地方。"

　　急救车上的两位救护人员抬着担架来到防波堤上。但帆船上的人做了另外的考虑，他们在甲板上铺了一块防水的绿色帆布，小心地把施特拉放在这硬邦邦的帆布上，用它裹住她的身体，抬起她。然后，那些抬她的人点了点头，示意把她抬下甲板。在他们走动时，施特拉的身体微微晃动着。看着这样的情景我很难过，我突然感到，躺在帆布里的是我自己。他们在急救车旁放下她，然后把她移到放在一边的担架上，为她系好安全带后，将担架推进车里，固定在尺寸正好合适的架子上。我未经他们允许就坐在了架子旁边的折叠椅上。其中一位男士想知道我是不是亲属，他只简短地问："是亲属吗？"我回答说："是。"于是他让我坐在那里，紧靠施特拉的脸。此刻，她的脸上浮现一种漠然置之或者说顺其自然的表情。

行驶途中，我和救护人员目不转睛地相互注视着，不说话，也不想说。其中一位男士给医院接待处打了电话，通知我们即将到达。

通往急诊室的带遮檐的大门口已经有人在等着我们，一位年轻的大夫负责接待，他同两位救护人员简短交谈后，就把我们送进一间办公室，交给一位有点年纪的女护士。她从登记簿抬眼匆匆瞄了我一眼，问："是亲属吗？"我说："她是我老师。"这个回答简直使她惊诧莫名，她转身对着我，好奇地打量我。她对我的回答压根儿没有准备。

去医院探望施特拉不是我出的主意，是格奥尔格·比桑茨在下课时向我建议的。他知道探视时间，因为他已多次去那里探望了祖母。他说他祖母在第二次练习行走，她还指望自己再生出头发来呢。

　　我们四个人出发了。老护士得知我们来探望老师，很亲切地欢迎我们，告诉我们施特拉住在几层几号病房。她对格奥尔格说："你对我们这里很熟悉呀。"施特拉住在单人病房，我们轻手轻脚地进去，慢慢挪动脚步来到她的床前。他们让我走在前头，旁观者也许会以为，他们是在拿我作掩护呢。我们进去时施特拉转过头来。起初，她似乎不认识我们了，面部表情既无欣喜，亦无惊奇和无奈，她只是呆呆地望着，呆呆地望着。直到我走到她身边，握住她放在被子上的手，她才抬眼惊讶地凝视我，我觉得她似乎在轻声叫我的名字。格奥尔格·比桑茨是我们当中第一个镇静下来的，他需要说点什么，于是俯身对施特拉说："亲爱的彼得森女士。"随即沉默，那样子就像克服了第一个障碍似的，过了一会儿他继续说："我们得知您遭遇不幸，亲爱的彼得森女士，我们来这里，是为了祝您一切安好。我们知道您喜欢吃蜜饯水果，所以给您捎来了一点您最喜爱的零食，"——他真的说了"您最喜爱的零食"——"用它代替鲜花。我们把蜜饯混放在一起了。"施特拉对他的话毫无反应，脸上没有露出我们那么熟悉的宽厚微笑。小个子汉斯·汉森——他冬天也穿短裤和带圆圈图案的短袜——也觉得必须说点什么。他严肃地表示，如果施特拉需要帮助，他会尽力而为，她只要说句话就行，"只要一句话，彼得森女士，一切就妥了。"施特拉对他的自告奋勇也无反应，她转身躺在那里，仿佛心思已经飘到了别处。我察觉到，即便是我也无法与她沟通，至少班级里的同学在场会是这样。我要与她单独在一起，这个愿望越来越强烈，越来越迫切了。

我也不知道，格奥尔格·比桑茨怎么会想到要给施特拉唱歌，唱施特拉最喜欢的歌，那是她教我们唱的 *The Miller of Dee*[1]。格奥尔格马上起了一个头，大家就突然记起在班里的情形，施特拉又站在我们眼前，那么开心地指挥我们，那么亲切

1《迪河畔的磨坊主》。

地鼓励我们练声。我们大声唱着，唱得很投入。这是我们唯一会唱的一首英文歌。施特拉给我们示范唱了几遍。佩尔·法布里丘斯特别欣赏她的嗓音，所以请她唱别的歌曲，哪怕流行歌曲也行，他想到的是那首 *I've Got You Under My Skin*[1]。我们边唱边看着她，立马就看出她有了反应，纵然她脸上没有流露出什么。终于发生了令我高兴之事：她的脸上涌现了泪水，这让我心甘情愿接受了此前与她不能交流的缺憾。施特拉没有翕动嘴唇，手也没动，当我们唱到磨坊主自感满足，他不嫉妒别人，别人也不嫉妒他时，她突然泪流满面。那位曾在急诊室接待过我们的年轻大夫也许是受到我们歌声的吸引走了进来，赞赏地朝我们略微点了点头，俯身对施特拉，把两根手指放在她脖颈上测试，然后对我们说："我想请年轻的先生们让病人休息，她急需休息。"他没有多说什么，估计我们中的某些人倒希望他多讲点什么。

我们退出病房，在格奥尔格·比桑茨祖母敞开的病房门口看着他向祖母问安，简短说了几句话。如同人们与老人说话时

1《你俘获了我的心》。

一样，他说话很亲切，想逗祖母开心。

和班上同学分开后，我并没有回家。我绕了一个弯又回到医院。我坐在以前的病人捐赠的椅子上，那些椅子上都钉上了捐赠者的名牌以示纪念。我坐的椅子是鲁普莱希特·维尔德甘斯所赠，我在此等候那位年轻的大夫，想从他那里了解施特拉的病情。

探视时间快要结束了，那些从弹簧门里走出来的人，他们还沉浸在与亲人重逢的情景中。观察他们真让人思绪万千。我禁不住设想他们看到了什么，了解到了什么。老年妇女内敛而坚定；衣着时髦的年轻女人牵着打扮得漂漂亮亮的小女儿，刚走到街上，小女儿就活蹦乱跳起来；急冲冲的小伙子朝停车场奔去；显然是土耳其人的一家子——我想他们是三代同堂吧——拎着许多篮子袋子，步履沉重地走着；还有一位海军军官迈着正步走出了弹簧门。我等待的那位医生没有出现，我已习惯于等待。施特拉病房的窗边没有任何动静。

我不禁回忆起我首次被邀参加的婚礼。我母亲最小的妹妹，我的姨妈特露蒂和一位靠出售夹肉面包、香肠和饮料为生的小卖亭老板结婚。在这对新人的催促下，我父亲在酒席上致辞，他突然冒出的灵感在他的自白——或者可理解为建议——中达到高潮："如果两人愿意在一起生活，一开始就必须意见一致：谁做清洁，谁做饭。"这段也许被视为适宜于施特拉和我的自白，我是不愿认同的。

两个穿工作服的护士走出弹簧门，身后跟着一个老汉，他刚到室外，就往烟斗里塞烟丝，急不可待地点燃，使劲吧嗒着，看来是个烟瘾很重的人。他环顾四周，最后锁定了我，向我走来。他打手势，请我同意他坐在我身边。他用半大的声音念着鲁普莱希特·维尔德甘斯的名字，耸了耸肩，似乎想说："为什么不可以。"接着坐了下来。

他把烟斗朝我这边一伸，说："他们不让在那边抽烟。"

"我知道，"我说，"我知道。"

他审视我的那副模样有点挑衅的意味，他似乎在自问，我是否适合于与他坐在椅子上聊天。我也看出他有压力，想摆脱压力。他没有提任何问题，也没有任何开场白，而是直截了当地说："我儿子能否挺过来，还不能肯定，大夫不能肯定。"

"他病了吗？"

"病了吗？"他重复道，语气有些轻蔑，"可以说他病了，但我要说他得的是心病。"

他吸着烟斗，因痛心和绝望而叹气。他在暗示自己的不幸，这不幸让他有许多话要倾诉。

他说："他对自己下了手。"

我没有马上明白他的意思，他迟疑片刻，向我挑明："他的行为我们根本无法理解，他朝自己的胸口开枪，想直击心脏，但偏了一点点。"

老人摇头，好像在拒绝自己眼下的想法似的。他咬着嘴唇，犹豫着，但接着又说了下去，看来是不幸使然。他不愿相信，当今还有人因为考试不及格而寻短见，一个天分极高、人见人爱的小伙子应该知道也必须知道，为了他的未来，别人付出了多少。

"两百年前还情有可原，怎么当今还这样？"

为了摆脱不幸，他转身对我，冒昧地问我为何来这里——仿佛这是他理所应当的权利："你呢，有亲属在这里吗？"

我说："我的老师在。"又补充道："班里几个同学和我去探望了我们的老师，她遭遇了一场严重事故。"

"是交通事故吗？"

"在海港发生的，"我说，"她被风暴掀到防波堤上了。"

他想了想，也许在设想当时的情景，然后说："我们的老师啊，唉——"然后问："你们都尊敬她，是吧？"

"岂止尊敬。"我道，他若有所思地瞅我，但对我的回答是满意的。

老汉没说一声"谢谢"、没有道别就突然离开我，朝出现在弹簧门前的两个穿白大褂的男医生走去。那两位医生要去到一个简朴的亭子，正专注于交谈。老汉走路双脚蹭地，跟在他们身后，我猜他肯定是想证实一下自己的希望。我等的那位大夫没有来，始终没有来。我已习惯于等待。

我的香烟盒慢慢瘪了，我思念施特拉。我很清楚，我们得在学校等她。校方已找人代替施特拉开学后授课。是个英国人，大概是来我校实习的。他叫哈罗德·菲茨吉本，这个名字就引起了全班同学的兴趣。他的身材并不修长，不是人们在电视中欣赏到的那种壮实而瘦高类型的英国人；菲茨吉本生得圆圆滚滚的，两腿短短粗粗的，那张红润的脸庞颇能赢得别人的信赖。他用英文祝我们早安，大家都很高兴。我心里默默感谢他，他上课伊始就提到彼得森女士的悲惨遭遇并祝她早日康复。他知道施特拉在上最后几节课时给我们布置的暑假作业，对奥威尔的《动物农场》说了许多赞扬的话。我们从他那里得知，当初没有一家出版社愿意出版此书，最后由沃伯格出版社付印，取得巨大的成功。

　　菲茨吉本先生特别感谢你选择了此书；我认为，他是在祝贺我们拥有你这样一位好老师。

他想让我们谈谈对英国了解多少。对此我有些吃惊，因为施特拉曾对我们说过，德国人特别在意别人对他们国家的看法，而英国人根本不会提出这样的问题："How do you like my country？[1]"这个代课老师居然提了这个问题。他如何评价我们的知识水平，我们不得而知；而他从我们这里获悉的东西，一定令他思考。我还记得他对我们的回答感到惊讶，记得他那有节制的莞尔一笑以及他的赞同：你们对英国知道些什么？一个古老帝国、"曼联"[2]、纳尔逊勋爵及特拉法尔加战役的胜利、民主母国、热衷于竞争、辉格党和托利党、戴假发的法官、花园——彼得·鲍斯蒂安继续列举着，他同父母曾去过英伦岛——英国花园，此外还有公平，放弃的殖民地。格奥尔格·比桑茨无动于衷地听着，似乎不准备参加这场问答，然而他突然以习惯性的果断的嗓音说道："莎士比亚。"我们全都转头看着他。菲茨吉本先生在课桌之间停步，注视着格奥尔格，道："确实，莎士比亚是我们拥有的最伟大人物，也许是世界上最伟大的人物。"

---

1 你怎么看我的国家？
2 即曼彻斯特联足球俱乐部。

课间休息时，我们只谈菲茨吉本，谈他的形象，他的发音。他说德语时的英国腔很容易模仿，马上就有几个同学这样做了。也有几个同学希望他继续给我们授课。

施特拉啊，谁都没有料到，你永远回不到我们班了呀。

格奥尔格·比桑茨有很多零花钱，肯定是他祖母给的。我们买不起的东西他能买。那个星期天，他坐在小卖亭前的木桌边，买了煎肉饼和果汁。他见到我，就喊我过去，邀我同他一起享用他所谓的"中间加餐"，也不光是让我饱饱口福，他还有事要告诉我。他去过医院了，跟平时一样，在短时探望祖母后想再去看看彼得森老师。她病房的门上挂着一块牌子，上书："只有经过同意，方可进入102室。"格奥尔格不顾牌子上的要求，打开施特拉的病房门，伫立在门口。

"她死了，克里斯蒂安，她躺在那里，张着嘴，闭着眼，我毫不怀疑：她死了。"

我无法再听下去，立即动身去医院，拦车搭乘一段路，然后奔啊奔，谁都拦不住我。看门人拦不住，他从玻璃房出来跟在我身后喊；病区护士也拦不住，她示意我站住。我知道施特拉的房间号，此刻我确信自己的记忆力；我没有敲门，直接把门打开。床是空的，床垫、被子和枕头都扔在地上，床头柜上放着一只空花瓶。床架前摆着一把椅子，本是供来访者坐的，它似乎在等我。我坐在床架前哭，几乎没有意识到自己哭了，至少开始时是这样。直到眼泪滴落手上，脸颊感到灼热时，我才发觉自己哭了。病区护士进来时我没有察觉，她站在我身后大概有一阵儿，然后把手放在我肩上——这只放在我肩上的手啊！她没有责备我，没有问什么，任凭我哭着，这是出于同情，或者因为经验告诉她，在这样的时刻别无他法。后来，她轻言细语、满怀体恤道："病人去世了，被抬到下面去了。"因为我沉默，她又补充说："天知道给她免除了多少痛苦啊，她被甩到防波堤上，头部伤势非常严重。"为了安慰我，她让我独自留在那里。

面对空空的花瓶，我不禁想起施特拉的父亲。我似乎看见他出现在窄小花园里的向日葵花丛中，我决定亲自告诉他女儿的噩耗，同时渴盼置身于施特拉生活过的环境中。

我站到他面前，他似乎并不感到惊讶，原来他已知道一切。"进来吧。"他嘟哝一句，继续换衣服，而且不介意我看着他换，就像我父亲不介意我看他穿衣和换衣一样。他匆匆地握了一下我的手，指了指朗姆酒瓶，也不管我喝还是不喝。他穿上深色西裤——窄窄的老式裤管，后又把夹克衫拿到亮处拍拍，搓揉一下才穿上。也许我听错了，后来他终于开口说话，我才明白他说的是"我的小松鼠"。显然，他们父女俩独处时，他是这么叫施特拉的。他进女儿房间待了一阵儿，打开抽屉，在练习本中翻找，出来时交给我一封信，我认出信封上施特拉的笔迹。他现在才把信交给我，为此向我表示歉意，他的女儿——老电报员现在只称她为"我的女儿"——在旅途中给他寄来此信，请他尽可能亲手交给我。然后他再次道歉，他要去医院，人家请他过去。

你的这封信，我不想当着你父亲的面读，也不想在花园里或在大街上读。我心里清楚，这是你最后一封信，所以我要独自一人看，在我房间里独自看。

　　透过信封，我感到里面是张明信片，上面的照片是邀请人们去参观那家海洋博物馆，照片上那只海豚纵情地跃向空中，似乎计算好了要落入哪朵浪花。明信片背面只写了一句话："Love, Christian, is a warm bearing wave.[1]" 下方是施特拉的签名。我用英语语法书支着明信片，把它放在我和施特拉的合影旁边，想到我错过了或者说失去了我最想得到的东西，真是痛心啊。

　　我常常念叨这句话，觉得它是自白，是承诺，也是在回答我曾仔细考量但始终未予提出的那个问题。

　　那天晚上，我一边看我俩的合照，一边重复念叨这句话。

　1 克里斯蒂安，爱情是一股充满暖意的海浪。

突然一阵急雨敲窗，其实那不是雨，而是沙沙作响的沙粒：格奥尔格·比桑茨站在外面，手里抓了一把沙子往我窗玻璃上扔，一发现我的身影，他就指了指自己，又指了指我。我向施特拉的这位得意门生示意，要他上来。他也不抽空四处瞧瞧我的窝居状况，便像上次那样急吼吼告诉我刚刚获悉的、特别与我有关的事情。由于他可以把我们的练习本送到施特拉家里，所以他也认识她父亲。格奥尔格在下面的航标处碰到他，他俩也没有多少话可说，但他得知：将对施特拉进行海葬。早些时候，老电报员和女儿就讨论过相关的一切，他们一致希望海葬，这个愿望马上要变成现实了。

　　"你会到场吗？"他问。

　　"会的。"我说。

　　海葬办事处设在一条小河的入口，是一幢简朴的砖房建筑，连窗户都没有。只有一对父子在那里工作，他们在上午就穿好了黑色服装，表情显示出符合职业特点的哀伤。他们很快知道了彼得森女士海葬的时间。他俩走起路来摇摇晃晃，给我的印象犹如两只企鹅，但我对他们也无可奈何。葬礼安排在星期五上午。由于我回答得太快，说自己不是亲属，一只"企鹅"就以无可指责的惋惜对我解释，说他们的船能搭载的参加葬礼者人数有限，那是一条经过改装的平底登陆艇。很多人已经报了名 —— 可他说的是"提出申请"—— 包括学校全体老师，因此船载已经满员 —— 可他说的是"预定告罄"。

星期五的风力不大，天空被云层遮蔽，水鸟已经迁徙。我觉得萧索的海面上笼罩着那一丝古老的冷漠。我父亲同意弗雷德里克和我驾驶拖船前往，弗雷德里克一直谨慎地驾驶着毅力号，保持距离，决不偏离航道。我们降速跟在原本的登陆艇后航行，途经鸟岛去海葬地点。这个地点我不知道是谁决定的。我们快赶上他们的时候，他们就不走了，弗雷德里克也停了下来。两条船在蓝灰色的海面上漂荡着，彼此的间距保持在呼唤声可以听见的范围内。

"拿望远镜。"弗雷德里克说。

透过清晰的、远胜肉眼的望远镜，我认出了校长、我的几位老师和老电报员。甲板上摆放着两个花圈和许多鲜花。鲜花中间是骨灰盒，一位胖胖的神甫坐在骨灰盒旁边的帆布椅上。他毫不费力地找到了一个稳当的立足点，张开双臂，显然在祈神赐福，然后一直俯身对着骨灰盒，大概是在直接对施特拉说话。

可以肯定，他简要地提及你一生中的几个阶段，说到有些话时点头，好像不想让人对这些话产生怀疑似的。最后，也不光是像我一个人所期待的那样，他转身对着你的父亲。

此际，大家脱帽，双手下垂，微微低头。我发现美术老师哭了。望远镜蒙上了一层雾。我浑身战栗，不得不紧扶栏杆。我感觉拖船开始向一侧倾斜了。弗雷德里克似乎注意到我的状况，不无忧虑地说："快坐下吧，小子哎。"又把望远镜递给我。

多么细心的呵护啊，老电报员抱着骨灰盒，紧紧地抱着骨灰盒走到船尾。神甫示意他打开盒盖，把骨灰盒举到船舷外。

施特拉啊，我相信，从盒中撒落的是一缕缕细微的灰烬，只飘扬瞬时便落入水中，迅即被海水吞没，没有留下一丝余痕。唯有悄无声息的消逝才使人察觉，这便是离别。

　　你的父亲站在那里，站在那里呆望着海水，他心中别无他念，只想把一个花圈抛进海里。他不是让花圈简单落下，而是用力将其抛投出去，其力度令我大为吃惊。其他人继他之后也纷纷拿起花束抛进水里。大多数捆扎起来的花束被我们体育老师和另外两名老师解开，零散地从船舷边抛下，被一股轻柔的水流攫住，在荡漾的水面摇晃，这时我觉得它们闪耀着一种光辉。此刻我明白，这些漂浮的鲜花将永远属于我的不幸，我也永远不会忘记，它们对我的损失，对我失去你的损失是多么大的抚慰啊。

　　确定无疑的是，这些鲜花会漂向鸟岛，马上会漂到那个人迹罕至的沙滩边。我会把你们一一收捡起来，我想，我会独自去那里，不让你们像海草一样被狂躁的海水扯碎、腐烂。我会把鲜花放到护鸟人的棚屋里去，把它们晾干，让它们作为知情者永留彼处，让一切依旧存在。

假期我会整理棚屋，在海草垫子上睡觉，睡眠中我们会紧靠在一起，施特拉，你的乳房会紧贴我的脊背。我将转身对着你，抚摸你，保留在记忆中的一切将会复归。

过去的已然过去，但它将会延续，伴随着痛苦和兼有的惶恐，我将设法寻找不可挽回的东西。

搭载参加葬礼客人的船只返航，缓慢地朝"海景"酒店前的栈桥驶去。这时我请求弗雷德里克不要再跟随，而是围绕鸟岛航行。他有些诧异地觑我，但还是答应了我的请求。

我望着鸟岛，无法感知映入眼帘的一切。我瞧见施特拉坐在漂到岸边的树干上，身穿绿色泳装，抽着烟，好像对什么事情感到好玩，也许是觉得我蹚过齐腰的海水向她走来的那副样子很有趣吧。

在不确定的感觉中，我把坐在那里的人当成了你，施特拉。当毅力号紧挨着鸟岛环行时，我想象着我们手牵手在沙滩上，在赤杨树下漫步的情景。我们突然意识到，在这里，我们曾经有过秘密的对彼此的占有。

弗雷德里克心里在想什么，我对此毫无兴趣。在沙嘴后面——沙嘴上有几只鸟儿在争斗，那张着嘴、拍打着翅膀的永恒的争斗——弗雷德里克问我是否要上岸。我挥了挥手，示意他应跟随那些参加葬礼的客人回去，他们的船已停泊在"海景"酒店前面的栈桥边。我透过望远镜看见他们下了船，已坐在咖啡花园的桌边了。

显然，此地不乏生活情趣，这时已是生机益然：服务员把饮料和菜肴端到桌上，主要是啤酒、小香肠、煎肉饼和土豆色拉，但没有人点水果蛋糕。我在一张圆桌边找了个座位，美术老师库格勒先生已在此就座了，他旁边是海港督察员托尔德森。我还向我们班的汉斯·汉森打了招呼，也向一个脑袋长得像圆球一样的陌生人点了点头。陌生人叫普施克莱特，是学校的退休教师，虽退休多年，但依旧与学校保持密切联系。他曾教过历史课。我听说，普施克莱特是马祖里人，他一说话，听众就会笑。他把一切"小化""柔化"，我听了也忍俊不禁。当其他桌边的人沉默不语，只用目光交流时，普施克莱特认为回忆他的家族葬礼的时机到了，那是他祖父的葬礼。祖父甘居陋室，死时心满意足。参加葬礼的人在共同进餐后，每个人都愿意，也都能够讲述他祖父一生中值得纪念之事，谈到他的忠心、固执、友善的滑头，还谈到他的善良和幽默。关于逝者，人们唤起的回忆多的是，仿佛他就活在参加葬礼者中间似的，某些追思的话题又转到那口停在小室里的棺材上。一个花钱请来的乐师到了，他用手风琴奏起乐曲让人们跳舞。已习惯于空间思维的海港督察员此时想知道，那里有没有可供跳舞的地方，普施克莱特接口说："当然有呀，我们把棺材竖起来就有足够的地方了呀。"他在我入学前教过历史课。我敢肯定，坐在邻桌的老电报员听到了这些闲言碎语，他生气了，站起来请大家注意，平静地说道："请别说了，请不要在这里说了。"

　　我发现库格勒先生突然在打量我，目光真诚，又似乎在考虑什么。过了一会儿，他做了个手势，要我坐到他身边去。他向我透露，全体老师决定为彼得森女士开追悼会，下星期三在礼堂举行。"当然啦，学生中也应有一个代表发言，因为您是班长，克里斯蒂安，所以我想到了您。也不光是我想到。"他说，这是场隆重的追悼会。

　　但是我不能，施特拉啊，我不能接受他的建议。因为当我在考虑人们会对我抱有什么期待，我又可能说些什么的时候，那种忆念就在我心头涌现，它是那么强烈地主宰着我，我根本不可能将它从头脑中排除：我眼前浮现了那个枕头，浮现了我们为自己发现并共同分享的那片领地。我知道不能在学校泄露那个发现，原因很简单，泄露就意味着我的一切完结了。也许，使我们获得快乐的事必须保留在沉默中才是。不，施特拉啊，我不愿在追悼会上发言。

库格勒表示遗憾，我请求他原谅。我不愿在这些参加葬礼的客人中停留太久，他们吃吃喝喝，在桌子之间游走问候，相互交流，以此抵消刚刚经历的悲哀。我不能也不愿这样。我只求一个人待着。

　　我悄悄离开时，正值一艘船舶的大功率发动机的轰鸣声越来越近，大家都在侧耳倾听。一艘快艇出现了，肯定是附近海军基地的一艘新式快艇，它用长长的缆绳拖着一艘折断了桅杆的帆船。我对快艇的救援行动并不陌生。海军多次在海上救助遇险者，把罹难者送回家。被拖的帆船就是所谓的"北极星号"，海军大概紧急地堵住了它的漏洞，要把它拖到基地旁边的小造船厂去，托尔德森也是这么估计的。"北极星号"——我就是想知道，这个名字是谁想出来的。小小的快艇缓缓从我们面前驶过，甲板上看不到任何人。不是快艇本身，而是这景象将永远留在我的记忆中。这，我已预感到。这种预感是对的。

　　我步行回家，沿着海滩走。我感到眼睛疼痛，干枯的贝壳被我踩碎，嘎吱作响。似乎没有人发现我的离开，但我错了。一条老旧的未上油漆的备用小船底朝天趴在海滩上，那里有人喊我，我们的校长布洛克先生坐在那上面，他没有去咖啡花园，而选择在这个地方独处。他无情打采地打了个手势，要我坐到他身边去。这个平素举止呆板，而且那一次颇让我感到屈辱的人，现在却很在意同我聊聊。我们并肩坐着，沉默了好一阵儿，目送那艘快艇驶向公海。蓦然，他转脸对我，以坦诚的善意注视我，道："我们要在礼堂集会，克里斯蒂安，为纪念彼得森女士，有几个人要致辞。"

"我刚才听说了。"

"您是班长，"他说，"您若代表学生发言讲点什么，这符合我们的心意。只简单说说，用寥寥数语表白失去这位颇受尊敬的老师对学生意味着什么。"

由于我没有立即同意，他又接着说："如果我没有搞错，她去世，您本人也很悲伤。"

我只顾点头，禁不住热泪盈眶。

对我的哀伤，他并不感到惊异，他抚摸我的手，想了一会儿问："行吗？克里斯蒂安？"

　　我知道，我拒绝会使他失望，但我还是说："我不能。"如果他问我拒绝的理由，我是不会回答的，我顶多只能对他说："太早，也许现在为时太早。"

　　他没有再坚持，只想知道："追悼会您会参加的，对吧？"

　　"会的，我会参加的。"

京权图字：01-2019-0766

Copyright © 2008 by Hoffmann und Campe Verlag, Hamburg

图书在版编目（CIP）数据

默哀时刻 /（德）西格弗里德·伦茨著；黄明嘉译. -- 北京：外语教学与研究
出版社，2019.12
ISBN 978-7-5213-1504-2

Ⅰ. ①默… Ⅱ. ①西… ②黄… Ⅲ. ①中篇小说－德国－现代 Ⅳ. ①I516.45

中国版本图书馆 CIP 数据核字 (2020) 第 019341 号

出 版 人　徐建忠
项目策划　张　颖
项目编辑　何碧云
责任编辑　郑树敏
责任校对　徐晓雨
装帧设计　范晔文
出版发行　外语教学与研究出版社
社　　址　北京市西三环北路 19 号（100089）
网　　址　http://www.fltrp.com
印　　刷　紫恒印装有限公司
开　　本　889×1194　1/32
印　　张　4.5
版　　次　2020 年 6 月第 1 版　2020 年 6 月第 1 次印刷
书　　号　ISBN 978-7-5213-1504-2
定　　价　42.00 元

购书咨询：（010）88819926　电子邮箱：club@fltrp.com
外研书店：https://waiyants.tmall.com
凡印刷、装订质量问题，请联系我社印制部
联系电话：（010）61207896　电子邮箱：zhijian@fltrp.com
凡侵权、盗版书籍线索，请联系我社法律事务部
举报电话：（010）88817519　电子邮箱：banquan@fltrp.com
物料号：315040001